JN134793

ブラック・クランズマン

ロン・ストールワース

鈴木沓子・玉川千絵子 翻訳

丸屋九兵衛 監修

目次

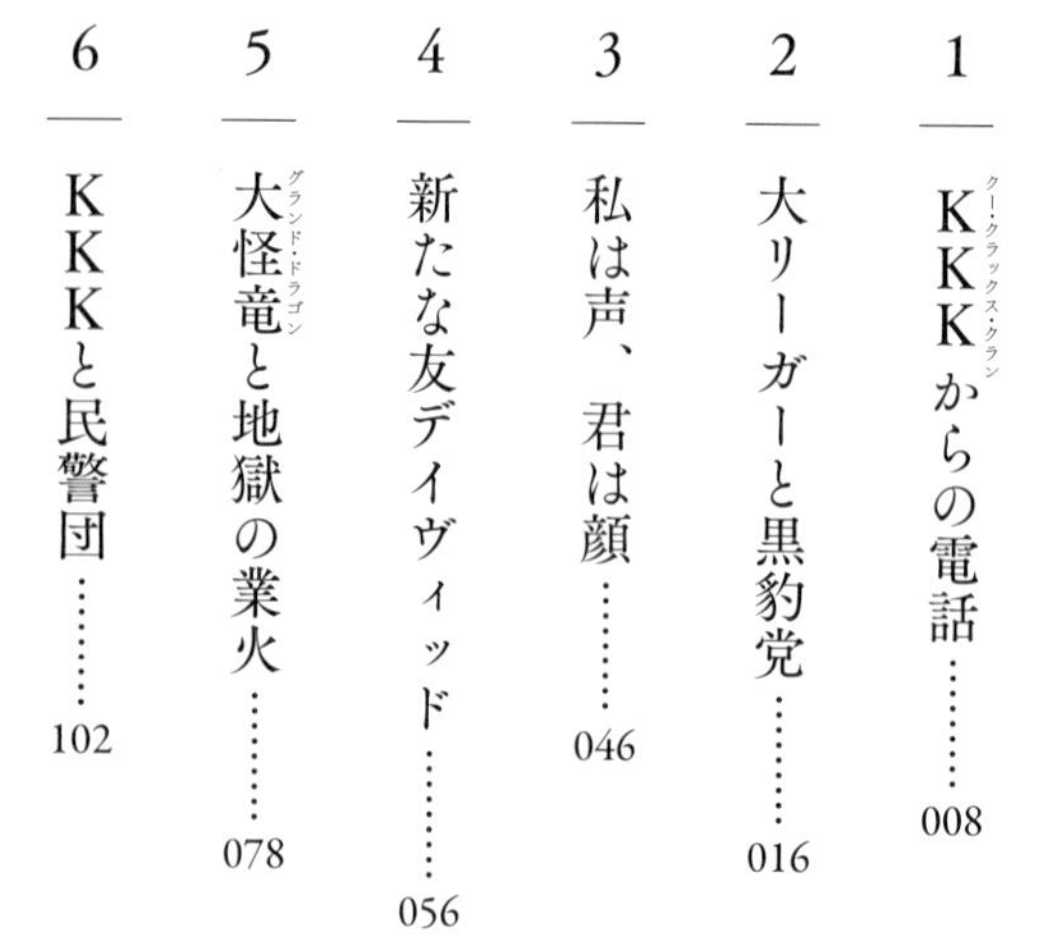

クランズマンとはＫＫＫ（クー・クラックス・クラン）会員のことである。

もし、善良で性格が良く、オープンかつリベラルな白人やユダヤ人たちに支持されたひとりの黒人男性が、白人の人種差別組織に――彼らが無知な愚者の集団であることを曝け出させることによって――打ち勝てるとしたら、それに通じる心意気を持った人々からなる国家がどれだけのことを達成しうるか考えてみてほしい。これから書くすべてのことは、白人至上主義者の「自分たちは高等教育を受けて知性があり、劣等民族の黒人やユダヤ人に対してあらゆる点で優れている」という主張に反して、成し遂げられたことの記録である。ＫＫＫを捜査してみて私が確信したのは、我々が打ち勝つ日はそう遠くない、ということだ。自分の人種的・民族的偏見や宗教的嗜好にしたがって「マイノリティ」を定義し、有色人種らに対し「純粋なアーリア白人ではない者は敬意を払われる資格もないし、そもそも人間ですらない」と妄信してきた連中に打ち勝つ日は。

理想のために立ち上がり、他者のために行動し、
不正に立ち向かう人は、希望のさざ波を送り出す。

――ロバート・ケネディ

人が力を失ってしまう際に最もありがちなのは、
自分には何の力もないと思いこむこと。

――アリス・ウォーカー

1

KKK(クー・クラックス・クラン)からの電話

すべては1978年の10月から始まった。私はコロラドスプリングス警察署の情報ユニットの巡査として——同部署にとって初の黒人巡査だった——新聞2紙で、地域の福祉と治安に影響を及ぼす恐れのあるような反社会的活動を匂わせる記事がないか確認するのが日課のひとつだった。売春やあからさまな詐欺、そのような事件ばかりが掲載されていることにも驚くが、時には本当に目を引く記事もあった。案内広告欄で、ひときわ目を引いたのがこれだ。

クー・クラックス・クラン（KKK）
詳細は以下へ。
便番号80230
コロラド州セキュリティ
私書箱　4771

何かがおかしかった。セキュリティという町はコロラドスプリングスの南東にある郊外の住宅開発地区で、2つの主要な軍事基地、フォートカーソンとNORAD（北米航空宇宙防衛司令部）に近く、コミュニティの住人は主に軍人とその家族で、その地域一帯ではKKKの活動は知られていなかったからだ。そのため、私は広告に反応してみることにした。

「白人運動を推進したいと思っている白人男性です。KKK入会に興味があります」。私書箱宛に、そんな短い手紙を書いた。「ニガーに乗っ取られつつある社会を憂いています。そうした世の中を何とか変えていきたい」とも。そして自分の本名〝ロン・ストールワース〟と署名し、電話帳には載っていない追跡不可能な潜入捜査用の電話番号と住所（こちらも追跡不可能）を記した。そしてその手紙を封筒に入れ、投函した。

なぜその手紙に本名を書いたのだろうか。自分自身のキャリアで最も興味深く唯一無二な捜査になると気づいていたからか？　潜入捜査官の常として、私は日頃から身分証明書、運転免許証、クレジットカードなどすべて2種類をセットで持ち歩いていた。ではなぜ、私はこのような判断ミス、本名を名乗ってしまうという愚かな間違いを犯したのか？

手紙を書いたときは、その後の展開をまったく考えていなかった、という単純な話だ。この手紙を投函しても、数日後に、パンフレットやチラシのような定型文が綴られた手紙が戻って来ると思っていたのだ。自分のしたことが、そうしたありふれた定型文を超える反応になって返ってくるとは、その時はまだ思いもしなかった。扇動的な人種差別広告の見え透いたやり方は小さな悪ふざけ以上の何ものでもなく、相手が悪ふざけをどこまで続けるか、見てやろうというつもりだった。

それから2週間後の1978年11月1日、潜入捜査用の電話が鳴った。私が電話に出ると、その声の主は、

「ロン・ストールワースさんはいるかね？」

と言った。

「私です」

「やあ、私はケン・オデル。ＫＫＫのコロラドスプリングス支部のリーダーだ。君の手紙を受け取ったよ」

おっと……。ここからどうすればいいんだ？

私は「ＯＫ」と言いながら、ペンとメモ用紙を取って時間稼ぎをした。

「手紙を読んで、君がこの組織に加わりたいという理由を知りたくなってね」

なぜＫＫＫに加わりたいか、だって？　そんな質問をされるとは思いもしなかった私は「ケン、俺は単に君たちから出来るだけたくさんの情報を入手して、ＫＫＫに関するすべてを破壊したいだけなんだよ」と本音を漏らしたくなったが、やめておいた。その代わりに深呼吸をして、ＫＫＫに入団したい人間ならどう答えるかを考えた。

これまでの人生で何度も「ニガー」と呼ばれてきた私は、日常生活での小さな対立からエスカレートした醜い罵り、さらには職務で違反切符を切ったり逮捕したりしているときも、白人がその言葉を使うことの意味を知っていた。白人は、自分が生まれつき黒人よりも優れていると知らしめるために「ニガー」と呼ぶ。つまりその言葉は、ありもしない優越性を主張する方法だ。それは憎悪の言葉であり、いま潜入捜査で白人至上主義者のフリをしている私は、逆にその言葉を使う立場になったのだ。

「そうですね、ニガー（くろんぼ）やユダヤ人、メキシコ人にスピックス（ラテン系）、それにチンク（シナ野郎）とか、純粋なアーリア白人の血が流れていない人間すべてを憎んでいるからです」

　そう答えた瞬間に、私の潜入捜査が始まった。

「私の妹は最近ニガーと付き合ってるんです。ヤツが薄汚い黒い手で、彼女の純潔な白い肢体に触れているかと思うと気分が悪くなり、胃がムカつきます。私はＫＫＫに入団したい。我々白人に対する、さらなる迫害を食い止めるために」

　ケン・オデルはこの時点で、私にかなり心を許していたと思う。その声が優しくフレンドリーに緩み、フォートカーソンに勤務する兵士で、妻とセキュリティ（地名）に住んでいると身元を明かした。

　そこで私は、

「ＫＫＫは具体的にどういったことを計画してるんです？」

とペンを手にメモをする態勢を取りつつ、質問した。

「計画はたくさんある。クリスマス休暇が近づいてるから、貧しい白人家族のために〝ホワイトクリスマス〟だな。黒人はお断りだが」

とケン・オデルは答えた。

　彼らは私書箱を通して寄付を集めていた。ＫＫＫではなく、ホワイト・ピープルス・オーガニゼーションという別名義の銀行口座で。その口座はセキュリティの銀行にあった。

「我々の存在を世に知らしめるべく、十字架を燃やす儀式を4回計画している。正確な時期は決まってないが」

思わずメモする手が止まった。このコロラドスプリングスで4回も十字架焼き儀式をやるのか？　明らかなテロリズムだ。そのままケン・オデルは説明を続けた。年内の残りの期間に関して10ドルと来年分は30ドルの会員費がかかること、またKKKの衣装である白装束は自分で買わなければいけない、と。

「いつ会えるかな？」

と彼は尋ねた。

まずい、俺はどうやってこの男に会えばいいんだ？

「ああ、あと一週間は無理ですね」

「では、来週の木曜夜は？　クイック・イン（Kwik Inn）は知ってるかな？」

「ええ」

と私は答えた。

「では7時に。フー・マンチューひげ（※中国怪人「フー・マンチュー」のように顎の下までのびた八の字の口ひげ）を生やした、背が高く細いヒッピー風の白人男性が店の外で葉巻を吸っている。特に問題がなければ、彼が君を私のところへ連れてくる」

とケン・オデルは言った。

「オーケイ」

と私は答え、メモ帳にそれを殴り書きした。

「君の外見は？」

それは私自身が電話に出たときから考えあぐねていたことだった。黒人警察官の私がどうやって白人至上主義者に成りすませる？　すぐに自分と同じ背格好の白人潜入麻薬捜査官、チャックのことを思い浮かべた。

「私の背は１７５㎝くらい、体重は82㎏です。黒っぽい髪に髭を生やしています。」

「わかった。話せてよかったよ、ロン。君はまさに我々が求めているタイプの人間だ」

こうして電話は終わり、私は深呼吸した。これからいったいどうすればいいんだ？

2 ── 大リーガーと黒豹党

とにかく、着手しなくてはならなかったのは潜入捜査だった。この町で大きくなりつつあるKKKへの存在や計画について調べねばならない。私は潜入捜査官として4年間働いてきて、数多くのケースを担当してきたが、言うまでもなく、今回はこれまでの事件とはまるで違っていた。

そもそも私は警察官になりたいと思っていたわけではなかった。実際のところ、なりたかったのは高校の体育教師だ。でも、カレッジに進む手段として、コロラドスプリングス署の実習生となることを選んだ。

1972年11月13日、19歳のときに実習生としてコロラドスプリングス市に採用された。実習生制度は高校を卒業した17～19歳が対象だが、実際には訓練中の職員だったので、応募者は一般警察候補者と同じ総合試験を受け、スコアも同レベルで合格する必要があった。プログラムに合格した若い応募者には、最低賃金の1・60ドルをはるかに上回る時間給5・25ドルが支払われ、職務の一部には警察署への出勤も含まれていた。

アカデミーでは、駐禁取り締まりや市民のサポートのほか、所轄内の職務の一端を担っていた。実習生プログラムは、私が入署する4年前から警察で導入された試みだ。具体的な目的はマイノリティの応募・採用を増やすこと、特に黒人層を警察に組み込むことだった。しかし、私が採用されるまで黒人の採用は一度もなく、その時点までプログラムは失敗だったと言っていいだろう。過去にプエルトリカン1名とメキシコ系2名が採用されたものの、他の実習生はすべて白人だったから。

面接の時のことは、いまでもはっきりと覚えている。人事担当の副本部長（白人）、制服パトロール部門担当の警部（白人）、そして人事部長のジェイムズ・ウッズ（民間人・黒人）だった。特にウッズは、私に関心を寄せてくれた。おおらかで笑みを絶やさない姿勢の陰には、黒人に対する偏見を持ち続けてきた社会の在り方に変化を起こそうとする熱い想いがあった。彼はその社会制度の問題点を「修正」することに情熱を持っていて、私が直面するであろう障壁について熱心に話をしてくれた。

「この署に黒人の職員がひとりもいないことはわかっているね。ここは完全に〝真っ白〟だ。君が仕事の上で成功するには、たくさんの障害に遭うだろう。彼らが黒人たちと関わるのは、黒人を逮捕するときだけなんだ。君は、白人しかいない職場で働くことに抵抗はないか？」

「ありません。差別語で呼ばれたことはこれまでもありますし、対応できますよ」

「ジャッキー・ロビンソンのことは知ってるか？」

と彼は聞いた。

「ええ」

「ジャッキーは、決して反撃をしないことで成功したんだ。彼は静かに人種差別に立ち向かった。君も同じように行動できると思うか？」

「はい、できます」

私はそう言って顔を上げ、ウッズの目を真っ直ぐに見つめた。私は自分のことをわかっていたし、自分の性格も知っていた。人種的な中傷を受けることがどんな気持ちか知っていたし、黒人だというだけで疑いの目で見られ、時には憎悪すら向けられることがどんな気持ちかを知っていた。私は人に何かを言われて黙っていられるタイプではないが、戦うタイミングは選べる人間だ。

メキシコとの国境に近いテキサス州エルパソで育ったことについて、さまざまな質問をされた。特に1960年代、公民権運動の高まりの中で南部に住む若い黒人男性としての経験についてだ。私が育った当時のエルパソは、とてもリベラルな南部の街だった。アメリカ最南部でよくあった公民権運動を封じ込めようとする暴力沙汰はなく、夕方のテレビのニュースで見るくらいだった。そうした意味では、公民権運動は決して身近なものではなかったし、私にとってはテレビ番組のようなどこか別世界の出来事だった。自分の日常生活は、メキシカン、黒人、白人の多文化が共存していた。同じような多様性に富む軍事基地の存在も大きい。小さな街で、人種差別から逃れられた環境というわけではない。だが、私をシカゴで産んだ後、家族でエルパソに引っ越したことは、母が下した最高の決断だったと思う。エルパソはシカゴ南部にあったような貧困や犯罪や紛争とは縁遠かった。あのままシカゴに残っていたら、私の人生は大きく違っていただろう。

面接は続いた。ウッズ氏は他の人にも私に質問をさせた。すると、私の個人的な生活習慣についてしきりに深掘りされることになった。

「女たらしか？」

「いいえ、違います」

「ナイトクラブに頻繁に通っているか？」

「その方面ではあまり興味はありません」

「かなりの酒飲みか？」

「酒に溺れることは、めったにありません」

「薬物使用は？」

「医師に処方された薬だけです」

私はマリファナのような違法薬物を使用したことは一切なかったが、あの時代の私の世代で、そんな奴は他にいなかったから、私の回答は激しく追求された。

「警察官がすべきでない行為に関わったことがあるか？」

「いいえ、ありません」

面接が進むにつれて焦点になってきたのは、職務遂行中に部署内の同僚や一般市民が私を「ニガー」という侮蔑語で呼んだとして、さまざまな局面にどう対応するか、だ。

「口を閉ざし、一線を越えた連中を追い詰めたいという本能を抑えることができるか？部署への忠誠心は？　警察署で働くたった一人の黒人であることが知られると、〝ブラザー〟やコミュニティとのつながりを訴えて職務を妨げようとする連中も出てくるだろう」

面接官は何度も尋ねた。

「君は耐えられるか？」

いま考えると、こうした質問は人種差別的だし、雇用面接に関する法に触れるだろう。しかし、これは1972年のことだ。アメリカの大都市が黒人市民の公民権と平等をめぐる暴動で荒れた時代からわずか3年しか経過していなかった。ブラックパンサー党は瀕死状態だったが、それでも「ブラック・パワー」「白人を殺せ」「革命の時がきた、銃を手に取ろう」というスローガンには軽視できない力があった。これまでずっと白人ばかりの職員で構成されてきた署にとって、黒人とは事件や事故などネガティブな意味しかなかった。それを思えば、このような質問も当然だし必要だったのだろう。

さまざまな試練に耐えられるのかどうか、私は何度も確認された。これからすぐに始まる一年間の試用期間中、拷問のような繰り返しにも復讐心を抑え、自分の職務を危険にさらすことなく乗り切れるのか。ここで雇われるというのはそういうことなのだ。

私がジャッキー・ロビンソンと同じように振る舞えるかどうか、彼らは手を替え品を替え何度も何度も質問した。大リーグ入りした年、ジャッキー・ロビンソンは人種差別的な侮辱や暴力で彼を挑発した人たちに対して反撃しなかった。彼らは、黒人男性がコロラドスプリングス警察の制服に恥じない行動をとれるか？　有色人種が白人と同等に扱われる資格があると示せるか、とも聞いた。

私の答えは、イエスだった。職務で求められることはすべてこなせるし、それを光栄に思う、と。

彼らに話さなかったのは1960年代、子ども時代のことだ。私たちは自尊心のため文字通り戦わなければならなかったし、母のしつけはコロラドスプリングス警察と正反対だった。母は、私をニガー呼ばわりする奴がいたら〝その口に一発お見舞いして〟適切な言い方で呼ぶよう教えてやりなさい、と言っていた。子どものころ、ニガーと呼ばれて喧嘩したことは3回ある。

その喧嘩はすべて学校には問題視され、そのことを私は母に報告せねばならなかった。母は怒らないどころか、むしろその逆で、「奴らをボコボコにしてやったかい？」と尋ねた。私はいつも「勝った」と言っていたが、3回中2回は嘘だった。むしろボコボコにされたのは私の方だったと言うべきだったかもしれない。それでも彼らは二度と私をニガーと呼ばなかった。

とにかく、面接での私の返答は、彼らの好みに合ったのだろう。その後の1972年11月13日に、私は実習生として宣誓をすることになる。もっとも、最初の任務は興奮とは程遠い、鑑識記録部での深夜勤務で、記録整理や書類の山の管理だった。そしてその前に、制服の問題があった。

私の実習生制服は、こげ茶色のスラックスと明るい茶色のシャツ、それだけだった。警官の制服は、紺色のズボンとロイヤルブルーのシャツで、どちらのシャツもコロラドスプリングスのロゴ入り。一番重要なのは、帽子を着用せねばならないことだった。

新人に制服を支給する責任者である装備供給担当の警部補のもとへ出頭した。当時の私の髪型は控え目のアフロだったが、装備担当部署はアフロヘアの新人など初めてだった。警部補は私の頭のサイズを測ってくれたが、上と横に広がる髪の量については考慮しなかったようだ。彼が慎重にメジャーテープを頭皮に押し付けて測った結果、帽子は約1・5サイズ小さい、間違ったサイズが支給された。帽子を渡されて被ろうとしたが、小さすぎた。帽子はアフロの上に「乗っている」だけ、横が入らず「かぶる」とはいえない状態だった。私はまるで、オルガンの音に合わせて群衆の前でお金を乞いながら2サイズくらい小さい帽子を頭に乗せた漫画の猿のようだった。

「このままで我慢するか、髪を切るかだ」

警部補はそう言って、笑った。

その悪意と傲慢さに何も言わず、帽子を受け取ることで応えることにした。

署の方針で、制服着用者は建物を出る際に帽子を被らなければならないと決まっていた。翌日から早速、私はランチタイムに食事を買いに署から出てダウンタウンを歩くことにした。１・５サイズも小さい帽子をアフロの上に置き、頭を高く上げて誇らしげに実習生制服で街を歩く私は、まるでしょうもないピエロだった。人々は「何をしてるんだ？」と愉快そうに私を見つめ、帽子を指さした。これは、署長がたまたま昼休みから戻る私を見かけた日まで、１ヶ月ほど続いた。

「なぜそんな帽子のかぶり方をしているんだ？」

彼は聞いた。

「警部補が私の頭と髪型に合う帽子をくれなかったんです」

と私は答えた。

「正しいサイズの帽子を警部補にもらえ、そして〝これは署長命令だ〟と伝えろ」

そう署長は言った。私は思いっきり笑顔で警部補にそれを伝えた。彼は、私が明らかにこの出来事自体を楽しんでいたことに不愉快そうだったが、私に帽子のサイズを聞いてきた。私が

「わからない」

と答えると、彼は怒りながら大きいサイズの帽子をいくつか持ってきた。そのうちのひとつが、やっと私のアフロヘアにフィットした。警部補が仕掛けてきた勝負に勝った、

と私は感じた。この一件を知ったら、ジャッキー・ロビンソンも誇りに思ってくれただろう。

もうひとつ、入署間もない頃に起こった、思い出すのも辛い事件がある。それは記録部の深夜勤務中の出来事だ。年をとった白人で鑑識専門家のジョンは陽気で、ちょっとふざけたムードがあった。彼は自分の夢のデートを語り、私も「自分にとって理想的な有名人女性と」のデートを語った。そんな話を繰り返す中、私が名を挙げた白人女性2人は彼のお眼鏡にもかなっていた。それから私が言及したのは、当時のラスヴェガスで最も人気があるエンターテイナーだった多才で肉感的、官能的なローラ・ファラナだ。彼女の名を聞いた途端、気さくにやり取りしていた彼の笑顔が一気に消えた。私は彼の発言にショックを受けた。ファラナを美しいと思う感覚がわからない、「色がついた」女性のどこが美しいのか、と。

これだけ年月が過ぎても、ジョンが次に言ったことをはっきりと覚えている。

「お前らが言う美人の定義なんかわからんね」。

彼は悪意すらなく、とてもサラッとそう言ってのけたのだ。有色人種の女を魅力的と思ったことなんてないから、ローラ・ファラナが美人だという発言は理解も共感もできない、とも。

私は何も言えず唖然とした。この善良な老人の、悪気のない発言に平手打ちを喰らったような気分だった。19歳の私にとっては、魅力的な女性とは……魅力的な女性だ。肌の色は関係なく。もし彼女が大きくて魅惑的な目をして、引き締まった綺麗な体で、熱く官能的なオーラをまとっていれば——ファラナのことだが——彼女が黒人であろうと白人であろうと、他のどんな肌色であろうと関係ない。ジョンは、それまで私が毎日仕事で会うのを楽しみにしていた同僚だったが、その日以来、彼との関係が元どおりになることはなかった。

アーサーやジム、その他の麻薬捜査部のメンバーに初めて遭遇したのは、記録部で仕事をしていたときだ。ただし、ＫＫＫ調査において私と一人二役を演じることになる男チャックはまだいなかった。麻薬捜査部署のオフィスは警察署の地下にあり、彼らは捜査中の容疑者の犯罪歴を調べるため1階の事務所に来ていたのだ。

櫛の通っていない長髪で、署内の皆に敬意を込めて「ヒッピー」と呼ばれる彼らに、私は当初から興味を持ち、魅了されてもいた。すぐに言われたのは、向こうから寄ってこない限り公共の場で彼らに声をかけてはいけないということ。彼らは潜入捜査中かもしれないし、警官の私が彼らに挨拶することで彼らの捜査を危うくし、命までも危険にさらしてしまう可能性があるからだ。

彼らの長髪や髭、着崩したストリートな服装は悪人風情があったが、銃を携帯し、法を施行する善の立場に立っていた。私も、彼らの一員になりたいと思った。

麻薬捜査官になる希望を抱いても、実現までに最低でも4年はかかるし、そのタイミングだけがチャンスだとわかっていた。そして、私の前に立ちはだかる大きな障害がもうひとつだけあった。それは、コロラドスプリングス警察署には、これまで黒人刑事などひとりもいなかったという事実だ。

麻薬捜査官たちが記録部の私の存在に慣れてしばらくした頃、潜入警官というものについて彼らと――特にアーサーと――話す機会があった。彼らが犯罪記録を取りに私の机に来るたびに、想像できる限り微に入り細にわたって質問した。ストリートの言葉遣い、薬物に関するスラング、重量単位の薬物価格帯について。私は、想定外の事態が発生した場合、それぞれのケースでどう対応すべきかを知っておきたかった。自分が観た映画の中に薬物表現があれば、その表現が実際にどれくらい使われているか、彼らに事実確認をした。こうして、書類を取りに来ただけの短い時間で、私は彼らに「厄介なやつ」という印象を与えるに至ったが、そうすることで、もっと具体的で重要なものをつかんだ。つまり、彼ら麻薬捜査部の白人捜査官たちに認知してもらえたのだ。もっとも、彼らの仕事について、若々しく、しつこく、暑くるしい質問をして麻薬捜査部の注意を引くだけでは充分ではなかった。私が関心を得るべき主要メンバーはアーサーだった。巡査部長のアーサーは麻薬捜査部のトップであり、彼は「モーゼ」でもあった。私が「約束の地」へ入るためのチケットを握っているのだから。

私は、麻薬捜査部の日常業務について疑問を抱いては捜査官に質問を浴びせた。署で彼を見かけるたび、アーサーにも質問していた。「私を麻薬捜査官にしてください！」という懇願つきで。

彼の反応はいつも同じ。笑顔を浮かべるか、心から笑うか、「ノー」という仕草で頭を振るか。そして、自分の仕事に戻るのだ。

麻薬捜査官を悩ませながら、私はすぐに実習生であることが好きになった。骨の折れる仕事も、何もかも。こうして、高校の体育教師になりたいという夢は消えた。私は実習生の制服が大好きで、チームの一員でいるという感覚も好きだった。

私は一般市民との交流も大好きだった（もちろん、駐車違反の切符を切る私との交流を好まない人も多かったろうが）。書類の作成や他の捜査官のために記録を取り出すことですら大好きだった。市を目に見える形で代表するという、これまで経験したことのない環境であり、あらゆる人生を歩む人たちと交流する術を学ばなければならなかった。人と関わるためのスキル。10代の若者がファーストフードのレストランで働くのとはわけが違う、他人の人生に影響する責任が、そこにはあった。これらのことは私をとても早く成長させてくれた。

私が駐車違反の任務を遂行していると、人はあからさまに怒り、罵る。それでも一歩も引かないということを学ばなければならなかった。正直にいうと、「お前なんか本物の警官じゃない」と言われたことの方が、彼らの怒りが人種差別的な罵倒になったときよりももっと傷ついた。私が成人したのは、ちょうどこのころだった。私は同時に学んだのだ、警官と成人男性の両方に必要な事柄を。

1974年6月18日、21歳の誕生日にコロラドスプリングス市の警察官として、警官実習生プログラム初の黒人卒業生として初めて宣誓をした。「気分がいい」では、言い足りないだろう。私はコロラドスプリングスの歴史に名を刻んだのだから。この先何があってもこれほど心を満たし高揚させるものはないとわかっていた。

しかし、式典は滞りなく進んだわけではない。自分がある種の「反逆者」であることに、私は早い時期から気づいていた。宣誓式では、ラルフ・サンチェスが良いスーツとネクタイ、綺麗なシャツとピカピカの黒靴でコロラドスプリングス市長の前に登場した。一方、私はしっかりとアイロンがかかったズボン（小学校の折から自分の服は自分でアイロンをかけていた。たっぷり糊をきかせて）と黒いプルオーバーのシャツに秋用の軽めのジャケットを着ていた。私はスーツやネクタイが好きでなかったし、着用しろという指示もなかったからだ。事前に言われていたのは「〝ナイス〟な格好で式に出席せよ」ということだけであり、私の服装は自分自身の基準で〝ナイス〟だった。それに、私はすべての試験に受かりそのときにはコロラドスプリングス署の雇用者名簿に名前が掲載されていたわけで、スーツを着ることで市長であれ誰であれ出席者を感心させる必要はなかった。他の出席者は面接官３人だけだったし。母は仕事があり、式には参加できなかった。

コロラドスプリングス署期待の星であるラルフの模範的な登場の仕方は、彼と私が歩むことになるキャリアを方向づけていた。彼は私より半年ほど年齢が上であり、いち早くパトロール課に進んだこともあって、当初は実習生として同志だった私たちの友情は、一年も経たずにすっかり冷え切ってしまった。彼は私の上司だと思い込み、私の態度がよくないと主張した。彼は模範巡査となった――「イエスマン」あるいは「太鼓持ち」と呼ばれる存在だ。彼はいつも自分の個人的な目的のために、利用できる者を意のままに使っていた。ただし、ラルフはいつも規則にこだわっており、一線を越えるどころか、その「一線」に近づくことすらなかった。なにより、彼を出世させてくれるかもしれない面々を怒らせたくなかったからだ。だが署内で嫌われ見下されていた彼は、どうにもうまくいかなかった。そしてコロラドスプリングス署に正式採用されて半年経った頃、ラルフは本当にまずいことをしてしまった。

昼間のパトロール中、ラルフは侵入窃盗の疑惑がある10代の少年を撃ち殺したのだ。少年は武装していて犯行現場から逃げながら銃を向けたとラルフは弁明した。問題は、その少年が武器を所持していなかったことだ。しかしコロラド州エルパソ郡（テキサスのエルパソとは無関係）の地方弁護士の巧みな口頭弁術によって、ラルフは大陪審で射殺調査を免れた。彼は警察官としての地位は維持したものの、事件後、彼の職場での信頼は失われ、ひどく苦しむことになった。彼はイエスマン任務を続けながらキャリア組へと出世することを望んでいたが、上層部からは無視され続けた。

私は性根のところは協調をよしとせず、反逆精神を持っていたが、一方、自分の利益につながる行動を取る必要があることは心得ているしたたかな人間でもあったのだ。言い換えれば、組織に挑戦するタイミングを見計らい、どこまで自分の考えを通せるかを考え始めていたのだ。ノンキャリア組のやり方や文化は決して好きではなかったからだ。

とはいえ、私は警官の制服もとても似合っていた。ただ、着るのは好きじゃなかったし、パトロール巡査としてのキャリアを積む気もなかった。それに助力を求めて私の部署を訪ねる麻薬捜査官を見てきて、野望が次第に大きくなってきた。日常生活では一般市民のように見えても、実は銃と警察バッジを持ち、背後には法の権威がある。そんな潜入捜査官になることが、私の天啓、キャリア上の目標になった。その瞬間から、目が覚めている間はずっとその目標を考え、実現しようと努力した。

宣誓式を済ませ、正式な委任状を受けた直後、私はアーサーの部署に行き、市から発行された新しい雇用証明書と、一人前の警察官であることを意味する部署の身分証明書を見せた。それから、彼にとっては不快であろう言葉を繰り返した。

「私はもう公認です。私を麻薬捜査官にしてくれませんか？」

彼は私の大胆な執拗さに笑ってこう言った。

「その話を検討する前に、まず少なくとも2年間は制服を着て仕事をしてもらう必要がある。そういうルールなんだよ」

このときはまだ、〝その日〟がずっと早くやって来ることなど知る由もなかった。

それから10ヶ月間、パトロールの仕事をしていた。担当は、交通違反や公共の場での酔っ払いの取り締まり、窃盗や強盗、家庭内暴力の捜査など。刑事ドラマで見るのとまったく同じとはいかないものの、私には新鮮で刺激的だった。それでもアーサーに会うたびに「麻薬捜査官にしてください！」と叫んでいた私に、ある日、笑顔以上の反応が返ってきた。

「ロン、私たちと一緒に潜入捜査をしたいかい？」

　想像できると思うが、私は躊躇なく
「はい！」

と答えた。

「ブラックパンサー党のリーダー、ストークリー・カーマイケルが街で演説をするんだ。私たちは彼の影響力や演説の内容について懸念している。捜査したいが、白人捜査官では浮いてしまうので、黒人である君に行ってもらう必要がある」

　ストークリー・カーマイケル改めクワメ・トゥーレは、ブラックパンサー党の元「首相」で、マーティン・ルーサー・キング・ジュニアやマルコムXを含む公民権運動の指導者たちのひとりだった。カーマイケルは、SNCC（学生非暴力調整委員会）に所属しており、後にリーダーになり、黒人客を拒否した南部の白人店舗での座り込み抗議活動を行った。彼は1966年に「ブラックパワー」という言葉を生んだ人物であり、その言葉は拳を高く上げ、黒人の権利を主張する革命的な呼びかけだった。現代のブラック・ライヴズ・マター運動も、カーマイケルのメッセージの直系の子孫といえるだろう。

　アーサーは、ストークリーがベルズ・ナイチンゲールというクラブで演説する契約を結んだことを私に説明した。黒人に人気があり、深夜のダンスやライブ演奏するバンドも出演するベルズ・ナイチンゲールは、ダウンタウンのすぐ近く、市内中心部にあった。当時、コロラドスプリングスには2つの黒人ナイトクラブ（ベルズとコットンクラブ）があり、それぞれ人気があった。ダンカンのコットンクラブは、ピンプ（売春斡旋者）や娼婦が遊ぶ場所として知られていた。私たち警官は常に「コットンクラブから目を離すな、特にGIの給料日には」と言われていた。一方、ベルズはダウンタウンの中心でなく端っこにあったので、いかがわしい商売は少なめだったといえるだろう。

ストークリーの演説会はオープンなものだったが、手頃な入場料をとっていた。コロラドスプリングスの黒人市民とその若々しい革命家の多くが、アメリカの政治権力構造の最上位に座る白人たちを心底から怯えさせてきたストークリーの熱狂的な反白人主義／黒人支持の主張を浴びるために結集するのではないかと推測された。その結果どうなるかは予測しがたい。懸念を深めた警察上層部は、「潜入捜査官になりたい」と何年も叫び続けた私を頼ることにしたのだった。

ついにプロとしての気概を彼らに証明するときがきた。しかも捜査の対象は、いま私が所属する体制・権力者側を挑発し、対決してきた公民権運動の先頭に立つリーダーの一人、10代の時に何度も深夜ニュースで見た男だ。

警察署はストークリーのカリスマ性による影響力はいまだ大きく、彼の演説と聴衆の反応を見る観察者を送りこんでおく必要があると判断していた。彼のメッセージが地元の黒人の感情を動かし、暴動に繋がる可能性もあるという懸念からだ。誰も口には出さなかったが、アーサーの部署はストークリーが１９６７年のときと同様、暴動の火付け役になるのではと懸念していることはわかった。そして私の任務は、彼の演説を監視し聴衆の反応を見て、起こりうる問題を未然に防ぐための情報を報告することだった。

当日、ナイトクラブに出かける夜に相応しく、ベルボトムとジャケットのカジュアルスーツで、麻薬捜査部の地下オフィスに出向いた。銃を隠すための上着は、胸部が大きく開いたフレア襟だったので、まさに映画『サタデーナイトフィーバー』風になった。モニタリング担当者が捜査中の会話を盗聴できるよう、ワイヤレス送信機を私の体にテープで貼り付けている間、部署のメンバーから潜入捜査のさまざまなシナリオについて短期集中講義を受けた。容疑者がコカインを勧めたら、どうするか？　何をすべきか？　私ならどう対応するか？

答えは、受け取るな。「ありがとう、でも今はそういう気分じゃない」と伝えること。クールに振る舞いつつ、ドラッグディーラーが誰なのか、周りに聞くことだった。後で違法薬物の押収ができれば、それはそれでさらにいい結果になるとのことだった。

マリファナをいっしょに勧められたらどうするか？　どう答え、何をすべきか？　私ならどう応じるか？　答えは、コカインのときと同じだった。

誰かが私に銃を向けたらどうするか？　どうすべきか？　私ならどうするか？

この答えは、少し複雑だった。これまでも何度か経験はあるが、誰かに銃を向けられたときに重要なのは、自分が通信機と繋がっていてひとりきりではないという状況を忘れないことだ。会話を盗聴している捜査官に向けてコミュニケーションを始めること。できれば相手に「おっと、私の胸に向けている銃の種類は何かな？　ブルー・スチール・マグナム、6発入り？」などと言ってみる。そう実況することで、聴いている捜査員全員に自分が銃を向けられている状況であること、問題が生じたことが報告される。自分自身で解決するのは、最後の手段のときだけだ。すぐに応援が来るから、落ち着くこと。

他の捜査員は、さまざまなドラッグの価格帯を教えてくれ、薬物関連の隠語を駆使しながら、超短期集中講義をしてくれた。経験の浅い私が予測不能な現場に向かうことに、彼らが不安を感じているのは明らかだった。

一方、アーサーは、捜査の過程で麻薬のおとり捜査を行うことになる可能性も考慮して、市役所の公的資金を100ドル計上し、麻薬の売買に使うため紙幣のシリアル番号を記録していた。この後、私は領収書にサインして、この金の使用と返還を任された。

自分の感覚がおかしくなるような大きすぎる任務だったが、とても爽快だった。まるで自分が人間スポンジになったかのようで、自分の年齢に見合わないほどの経験と情報をできるだけ吸収し、可能な限り保持しようと努めた。

最後の命令は、ストークリー・カーマイケルとその演説に集中し、特に聴衆の反応を注意深く聞き取ることだった。もしドラッグを買うチャンスがあり、売り手の身元を特定できれば、購入するよう言われた。厳格に管理された警察署の行動規則に従って行動している新人警官として、私は当たり前かつ重要でまっとうな質問をした。

「バーでアルコール飲料を注文してもいいですか？」

その質問の無邪気さに皆が笑った。後でわかったことだが、新しく麻薬捜査官になった新人警官によくある質問だそうだ。アーサーはカクテルかビール一杯なら大丈夫、捜査に支障をきたさない限り、と教えてくれた。私が常に留意しておくことは、自分の行動や発言はすべて裁判所で使用されるのだということ、それから捜査中にどんなものを消費したか徹底的に調べられるということだった。

そして私は警察紋章が入っていない無線付の覆面自動車を支給され、ベルズ・ナイチンゲールに向かった。夕方なのにすでに車がたくさん駐車していた。ストークリーの演説会が大成功に終わりそうなことは明らかだった。入場料3ドルを払った後、人混みの中へと向かうと、潜入捜査がはじまったことを実感してそわそわしてきた。この短いキャリアでも交通違反でしょっ引いた相手を何人か見かけた。そして地元の「ゲットーの有名人」であるピンプと売春婦、ドラッグの売人も何人かいた。より若く、サグ（悪党）っぽい連中も視界に入ってきた。まるで旧約聖書のダニエルが、わざわざ獲物を待つライオンの洞窟に入って食べられてしまうような気分だった。

カーマイケルの演説に集まった人々は、そもそも警察に対して嫌悪感を持っていたし、黒人警官の存在なんてもってのほかだった。彼らにとって、私は黒人男性ではなく、何かの拍子に黒人になってしまったひとりの警官だった。彼らの目には、私は裏切り者と映るだろう。ストークリーのような黒人革命家が自分の人生を捧げて活動し、今日も演説で語る正義、それに対する裏切り者だ。ストークリーは、白人を倒したくて仕方なかった。白人は悪魔で、社会はそうした白人の人種差別主義者中心で動き、白人の政治体制に支配されていると考えていた。私のような黒人警官はその隙間にとらわれている。白人コミュニティや警官の中には、私のような存在を「ブラックすぎる」と嫌う者がいたし、黒人コミュニティのための社会革命に突き進むブラザーたちは、私のような黒人警官は「ブルー（警官の制服の色）すぎる」と見なした。しかし、多くの善良な黒人市民たちは黒人警官を疑惑の目では見なかったし、群れから外れた迷える子羊のように思ったりもしなかった。彼らはむしろ、皮膚の色などによって強いられた共通の人生経験を黒人警官に見出して共感していた。

しかし、ストークリーのような黒人革命家にとっては、私や同僚のように警察バッジと銃、青い制服を着て警察官になる道を選んだ者は、政府の「抑圧力」を代表する存在だった。黒人を抑圧するよう特別に仕組まれた公正とはいえない法律を施行する警察は、現代版「家内奴隷」であり、ハウス・ニガーだった。私たちは政府のマッサ（マスター）と協力し、白人の〝正義〟を強行する裏切り者の黒いユダ。組織の奴隷、白人に仕える小間使い（ボーイ）だ、と私の警官人生の中で何度もブラザーたちから言われた。

だが私は、黒人であることと、警官であることの両方を誇りに思っていた。怒りを感じることもなく、自分の肌の色を誇りに思っていた。私がストークリーに尊敬の念を抱いたのは、彼が公民権運動の活動家だからだ。彼のような人たちは（マーティン・ルーサー・キング、マルコムX、ローザ・パークス、レシー・テイラー、ジョン・ルイス等）、私のような黒人市民のために社会や生活を改善しようとしていた。しかし、今こうした特殊な状況に置かれても、自分の中で良心の呵責はなかった。「黒人警官」と「白人のアメリカに仕える黒人」の区別がついていたからだ。

このクラブには白人たちも少数いた。黒人になりたい「ワナビー」、またの名をウィガーズ（white niggers）だ。

バーの奥のテーブルに一人、とても魅力的なドイツ人女性が座っていた。隣に座ってもいいか、彼女に尋ねてから、壁に背を向ける格好で腰掛けた。潜入捜査官ならでは――あるいは警察官一般――の戦略で、問題が起こった場合でも全体の位置が見えるようにだ。万が一、ここから脱出しなければならない場合に備えて、一番近い出口も確認した。

彼女は私を歓迎すると、ドイツ語訛りの強い英語で熱心に話しかけてきてくれた。どこか気がある素振りの話し方で、少し気まずさを感じたくらいだった。なぜなら、私はちょうど5年後には妻となる女性とつきあいはじめたばかりだったからだ。私たちはまだ何の約束もしていなかったし、口にも出さなかったものの、彼女が同意してくれれば、ちゃんとした関係を築きたいと思った。だが同時に、私の中の「犬」、つまり男の「本能」が動き始めた。特に、私のように交際中の相手もいない21歳（成人）以上の若者なら、美しいドイツ人女性が興味を示してくれたら、嬉しくないわけがない。しかし私はちゃんと自制心を保った。本来の目的を阻害する可能性があるアヴァンチュール、彼女の気のある素振りに流されないよう、任務に専念したのだ。あくまで一線を越えないように。

私はラム・コークを注文した。勤務中に酒を飲むのはこれが初めてだった。彼女にも、それまで飲んでいたのと同じ酒をもう一杯注文してやった。それから私は話題を変えてドラッグについて話した。彼女は、薬を買うか売人に紹介してもらってマリファナやコカインを楽しもうかと誘ったが、その話を進める前に、ストークリー・カーマイケルの登場が宣言され、皆が立ち上がった。公民権運動における〝ブラック・パワー〟の象徴である拳を突き上げた人々が喝采する。その瞬間、ストークリーは、その場に居合わせた人間をひとつにしていた。しかし私は、白い拳を上げて「ブラック・パワー」とドイツ語訛りで叫ぶ彼女を見て、おかしくてたまらなかった。

ストークリーの演説は、長年に渡って語ってきたお得意の内容だった。そこには、全世界に散らばったアフリカ系民衆の経済・社会・政治的な連帯を訴える思想であるパン・アフリカ主義にもとづいた彼の哲学的な信念があった。この思想は、白人という共通の敵に苦しめられてきた歴史に由来するものだ。マルクス主義によるアメリカ政治革命をも訴えるストークリーのメッセージは、黒人観衆には大きな関心を、私の上司たちには不安を抱かせるものだった。ストークリーはダイナミックで、人を魅了する人物だった。彼の声は、時に観衆を熱狂的に沸かせ、時には日曜朝の教会で穏やかな説教を聞くかのように人々の心を落ち着かせることができた。

人の感情の紐を引っ張っては予想だにしなかった方向へと導く彼は、人形遣いの達人のようだった。

彼の演説のとりこになってしまっている自分に何度も気づいた。私自身が勤める政府機関や自分が善意の目で見ている白人たちを攻撃する内容だというのに。熱狂的な拍手を送って「その通りだ、ブラザー！」と叫ぶたびに、任務のためにここにいるのだということを自分自身に言い聞かせなければならなかったし、自分が潜入捜査官として十分な演技ができていること、さらに通信機を通して盗聴している監視官たちに自分がストークリーの主張に共感し同意してしまったことがバレていないことを心から祈った。

ストークリーは言葉巧みに聴衆をコントロールし、「歴史を通じて白人が心底から理解できるのは銃の力だけ」と力説した。それから彼は、まもなく起こる「大規模な」革命に備えてアメリカの黒人大衆に武装するよう呼びかけた。この時、会場は最高潮に盛り上がり、私を含む聴衆は最大の拍手喝采と同意の声をストークリーに送っていた。

約45分間にもおよぶ演説は、ストークリーに対するスタンディングオベーションと、黒人であることを肯定する大喝采で終わった。演説の後、クラブ側のはからいで支持者たちは彼と挨拶ができることになった。黒人現代史の象徴であるストークリーと触れ合いたい人は多かったのだ。私も列に並び、ゆっくりと彼の方へ進んだ。近くまで来て、王のごとき雄大さに感銘を受けた。間近で見るストークリーは、完璧なカカオ色の肌で193㎝ほどの高身長の男だった。彼と握手をした際に、今まで見たこともないような真っ白な歯を見せ、こちらまで笑顔になるような温かい笑みを浮かべてくれた。「相当かっこいい男だ」と私は思った。

握手しながら、黒人と白人の人種間戦争は避けられないのかと尋ねた。彼は握手した手を硬く握り返し、私を彼の顔へと近づけた。彼の目が素早く部屋を見渡し、こう囁いた。

「兄弟（ブラザー）よ、武装して待つんだ。すぐに革命が起き、白人たちを殺さねばならなくなる。僕を信じてくれ、革命は必ず起きる」

彼は顔を離し、演説を聞きにきたことに感謝を述べた。私も彼もお互いの健闘を祈り、こうして潜入捜査の初任務（そして歴史との接触）は無事終了した。私はナイトクラブを出て自分のチームといっしょに署に戻った。私は中で起こったことを彼らに報告した。ストークリーの演説の内容は彼らはマイクを通してすべて聞いていたが、私はその場の雰囲気について話した。いかに刺激的で興奮するムードだったか、しかし怒りを匂わせるものではなかった、と。人を暴力に駆り立てるような扇動的な感じではなかった、とも。私は必要な報告書を提出し、その夜はとても爽快な気分で帰宅した。

麻薬捜査部と共に特別任務につく潜入巡査になれたこともあって、その時ほど、仕事で充実感を得たことはなかった。それから3ヶ月後、私は正式にコロラドスプリングス警察署始まって以来の初の黒人麻薬捜査官になった。しかも最年少での就任だった。といっても、過去の最年少記録より約1ヶ月若いだけだったが。

こうして、ブラックパンサー党から始まった私の潜入捜査のキャリアが、今度は逆に白人の組織団体を捜査することになったのだ。KKKからの電話を受けたことによって。

045　大リーガーと黒豹党

3 ―― 私は声、君は顔

この潜入捜査について、知っておくべき真実がいくつかある。まず、私が基本ルールを破ったため、計画なき捜査となったこと。2つ目は、潜入捜査用の偽名ではなく本名を使用してしまうのは大罪であること。3つ目は、本名を使用したにもかかわらず、潜入捜査用の住所と電話番号を知らせてしまったこと。結果的に何か不都合が生じるかもしれないことも予測せずに。

この捜査が始まったとき、私の警察官としてのキャリアは4年目だったが、そのうち3年は麻薬や売春事件等に関わっていた。そうした捜査には慣れていたが、ＫＫＫと関わる本件に関しては最初のアプローチがあまりに準備不足であり、私の誤った判断が致命的なエラーとなってしまった。幸い、私が関わる人々は――昔ながらの言い方で形容するなら――抜きん出て聡明なわけではない（間が抜けた）人たちだったので、私のミスは捜査結果に響かなかった。それどころか、ミスこそが捜査成功の元となったのだ。その時点ではわからなかったが。

ＫＫＫのケン・オデルとの電話が終わった後、私はすぐに巡査部長のケン・トラップに連絡した。トラップに潜入捜査のアシスタントとしてチャックを使いたいと申請したのだ。ケン・オデルが了承してくれたので、ストークリーの件とＫＫＫ捜査との合間に警部補に昇進していたアーサーに「11月9日にチャックを潜入任務で使わせてほしい」と頼んだ。私は詳細を話し、この捜査の目標を伝えた。

これは諜報捜査であり、その目的はコロラド州コロラドスプリングス（とコロラド州全般）で拡大するＫＫＫの脅威についてできるだけ調べ、恐ろしい結果を阻止するものだった。捜査の過程で、ＫＫＫメンバーの何人かを軽犯罪で逮捕できれば、その脅威を食い止められるだろう。しかし、それは私の目的ではなかった。メンバーたちが重犯罪に関わり始めているなら、その息の根を止めて捜査終了としたかったのだ。彼らが一線を越えてしまう前に、できるだけ多くの情報をたどり、ＫＫＫのコロラドスプリングス支部を調べ上げることを決意した。ただしアーサーは麻薬捜査官であって、捜査を逮捕に繋げ、裁判での証拠を収集する立場だった。そこにつながらない情報収集は、彼にとっては無意味で、気が進まないことだった。そのため彼は私の要請を拒否した。

「この件に割ける人員が少ないこともあるが……このケン・オデルという男が白人警官と話した途端に、電話で話した相手は黒人だったとすぐわかると思う」

「黒人はどういう話し方をするのでしょうか？」

私は尋ねた。

「うーん、それは…わかるだろう？」

アーサーの声が小さくなった。

「いや、わかりません。説明してくれないと」

そこで沈黙が訪れた。このことは、他の警官たちからも聞いたことがあった。彼らはアフリカ系アメリカ人の喋り方について心理的偏見を持っていたし、ステレオタイプに影響されていたのだ。ドラマ『Leave It to Beaver』でジューン・クリーヴァーを演じたバーバラ・ビリングスレー（白人女優）が、のちに映画『フライングハイ』でスラングを繰り出すのだが、白人にとって、あれが「黒人っぽい話し方」なのだ。

他の同僚も同じようなことを言っていた。「適当にごまかすし、『ファック』とか『マザーファッカー』という言葉を常用してるじゃないか」。その話が捜査と無関係なうえに、あまりに矛盾していたので思わずふき出してしまったことがある。

アーサーも他の人たちも皆同じ考えだった。要は、私がKKKのメンバーとの電話でのやり取りを続けられるはずがない、と言っているのだ。黒人だから電話でも「黒人らしい話し方」をしてしまい、正体がばれてしまうだろう、と。もちろん、確かに「ファック」とか「マザーファッカー」と言いたい衝動に駆られるが、そんなことをしたらKKKのメンバーに黒人であることを気づかれてしまう。

本当に馬鹿げている、ある意味で面白いが、それにしても不条理だった。

アーサーが私の頼みを断った2つ目の理由は「KKKがコロラドスプリングスにいるということ自体、真剣に受け止めるべきではない」からだった。彼は、そんな馬鹿げた任務で潜入捜査官の身元が割れたりするのは許せないと考えたのだ。私が目を止めた新聞広告はせいぜい悪戯であり、そのケン・オデルという男はただ勝手に怒っているだけで、何も心配することはない、と。

警部補に却下されたため、私はまたトラップ巡査部長に相談した。そして、KKK幹部に会うための体制を確保するため、アーサーの上司にあたる署長に直訴することに決めたのだ。トラップ巡査部長は完全にサポートしてくれた。しかし、自分自身のキャリアを考えると、この決断は決して賢明なものではなかった。指揮系統を飛び越えたことでアーサーの敵意を煽ってしまい、緊張関係がさらに深まってしまった。

かつて私の師だったアーサーとの敵対関係は、その1年前、彼が指揮した麻薬捜査から始まっていた。とある事件で決断を下さねばならず、アーサーの案と保安官の上司の案を俎上に上げて全員で投票を行った。その際、私が保安官案を支持したので、アーサーは気を悪くしてしまったのだ。コロラドスプリングス署の警官として、その論争でアーサー側につくべきだ、というのが彼の考えだった。私が独立した意志を表明したという事実が、彼には受け入れ難かったのだ。その一件以降、アーサーとは、それまでのような関係ではなくなってしまった。だが、KKKのリーダーに会うまで一週間しかなかったし、率直に言うと、気まずさや部署内の上下関係と規則、傷ついたエゴなどを心配している時間もなかった。肝心なのは、アーサーが私をよく思っていない以上、ここで私が何をどうしようと彼は納得しないということだった。つまり、私には失うものが何もないのだ。

もうひとつの火種となったのは、署長に対するアーサーの態度だった。彼は、とにかくその地位に昇格しようという駆け引きに必死で、敬意を払わず署長をひどく憤慨させてしまったのだった。

アーサーより年下の署長は、それ以前は警部補階級で、昇進してまだ日が浅かった。警部補時代の彼は、署内のヒエラルキー内では大した仕事とみなされていなかった地域広報部門を担当し、手腕を発揮していた。だが、刑事部やパトロール担当組のような「最前線の案件」に奉仕していなかったために、彼の署長就任は選考過程の「飛び級」と非難された。彼らの目には、署長としての資格がないと映っていたのだ。

アーサーは、過ぎてしまったことを現実として受け入れることができないままだった。他の警察署同様、コロラドスプリングス署は階級昇進に際して学歴を考慮に入れ始めていた。資格についての伝統的な考え方（事例と年功に基づくと自分の方が適任ではないのか）は、昇進を決めるうえでの基本ではなくなった。学歴の高い者が有利になり、そのほかは降格となった。新しい署長に求められる出世条件のひとつは、候補者が少なくとも学士号を持っていることだった。大学院の修士号を持ち、大学より上の教育を受けた唯一のコロラドスプリングス署員だった地域広報担当主任（新署長）に比べ、麻薬捜査の主任（アーサー）が持っていたのは准学士号だったのだ。

トラップ巡査部長と私は、これまでの経緯を署長に説明した。新聞広告を見て手紙を送ったこと、ＫＫＫの主催者と電話で話したこと、市民に彼らの存在を知らせるべく十字架を燃やす計画があることなど。ＫＫＫは歴史を通じて繰り返してきた国内テロを再び行って白人の誇りを高め、結果的に入会者を増やそうとしていることなど。

彼は私たちの説明に大いに興味を示し、いくつか質問をした後、もう少し人員が必要かどうかを尋ねた。私は11月9日に同行してもらいたい張り込み捜査員2名をリクエストした。彼はアーサーに電話し、この捜査を進めるのに必要な人員を出動させるよう指示した。予想通り、アーサーは私のとった行動に不愉快そうだったが、彼の気持ちやエゴなど私には関係のないことだった。KKK幹部と会うことは、今この町で存在を確立しようとしている国内テロ組織に入り込む貴重な機会だ。私の頭にあるのはそれだけだった。

チャックと最初の打ち合わせをしたとき、捜査に関するすべてのことを説明した。電話のこと、ケン・オデルと話したことなど、これまでの経過も話した。

「彼らは十字架焼却儀式や、白人限定の募金活動を計画し、人員募集までしている。他に何をやろうとしているのか、調べる必要がある」

彼は笑い出した。

「黒人警官がKKKに潜入？　頭がおかしいんじゃないか。奴らもさすがに気づくだろう？」

「だから僕らは運命共同体なんだよ。君と彼が会って話すことは、隠しマイクを通して私が聞く。私と彼が電話で話すことは、君がモニターする。私は声、君は顔だ」

「そんな気が狂った話、今まで聞いたこともないぜ。やってやるよ」

　チャックは満面の笑みでそう言った。

　残念ながら麻薬捜査と署内の力関係のため、チャックに稼働してもらうのは最終手段だった。この捜査の大半はできるだけ電話を使用して、KKKメンバーとのやり取りに関して食い違いが生じないよう、チャックと口裏を合わせておく必要があった。

　11月9日の初対面は、極めて重要だった。ケン・オデルは先日の電話で既にロン・ストールワースという男（私）に肯定的なイメージを持っていたからだ。チャックに最初の使命を伝えた。ケン・オデルとの電話のやり取りで残した好印象を、会ったときに強化してほしい、と。また、電話であれ、対面であれ、やり取りしているのは同一人物だ、とケン・オデルに信じ込ませること。そのためには、会話に食い違いが出ないようにせねばならない。私が電話で話し、その後でチャックが対面することになったら、チャックは電話の内容のすべてを頭に叩き込む必要があった。同様に、チャックがKKKのメンバーと対面で話をした内容は、私も詳細まで理解する必要があった。要は、チャックと私はKKKを騙すために、お互いに口裏を合わせねばならないのだ。

　11月7日、会う2日前に確認の電話を入れた。午後7時にクイック・インの駐車場でヒッピー風の白人男性と落ち合うことを確認して電話を切った。

ケン・オデルはリラックスしていて、あの新聞広告のせいで、軍隊から37日間の謹慎を申し渡されたと話してくれた。しかし、本人の素性が何も記されていない新聞広告なのだから、それがケン・オデルだと軍にバレるのはおかしい。もし、このせいで何らかの処置を受けているのが事実なら、軍も他に何か情報をつかんでいるはずだ。

何にしても、KKKは大々的な宣伝攻勢に出ているようだ。コロラドスプリングスの大手新聞のひとつ、『ガゼット・テレグラフ』に、KKKの最高幹部、大魔法使い（グランドウィザード）デイヴィッド・デュークがコロラドスプリングスに来ると新聞が報道していましたが、

「デイヴィッド・デュークがこの町に来るという記事が掲載されていたのだ。

本当ですか？」

とケン・オデルに尋ねた。

「本当だ。デュークは自分で新聞社に電話をかけ、1月にこの町に来ることを記者に教えたんだよ」

とケン・オデルは言った。

「大規模集会をやる。今のところ、うちの支部にはメンバーが6人いるが、もっと参加者を探しているんだ。まだデイヴィッドとスケジュール調整中だが、決まったら真っ先

に知らせるよ、ロン。」

私たちはそのほかいろいろなことを話したものの、社交辞令や些細な話がほとんどで、最後はケン・オデルがこう切り出した。

「そろそろ行かなければ。では2日後に会おう」

9日の夜、私はチャックともう一人の麻薬捜査官ジミーと準備のため落ち合った。私たちは当日の行動の予習をした。チャックがクイック・インまで車を運転し、ジミーと私は別のバンに乗って、通りの向こう側に停車し、中で待機するのだ。

チャックには無線通信機を体に取り付けた。私のほうには会話が聞こえるし、録音もできる。さらに、チャックに私の身分証明書等を渡し、念のため彼らに聞かれたときは「ロン・ストールワース」と答えるよう念押しした。

彼に渡したのは、図書館カード、クレジットカード、社会保障カード、その他私の名前が入った写真付きでないカード各種だった。チャックは銃を隠し持っていたが、潜入捜査では普通のことだ。たとえケン・オデルに上から下までボディチェックをされたとしても、いつも銃を携帯していると言えばいい。私たちは店まで車で行き、チャックは蛍光灯の下で停車し、ジミーと私は通りの向こう側に車を停めた。それから、捜査官なら誰でも行う業務を始めた。待機だ。

4 ── 新たな友デイヴィッド

それほど待たされることはなかった。私たちがクイック・インに到着して10分後に一台のトラックが停まり、中からフー・マンチュー風のひげをたくわえ、妙な格好をしたヒッピー男が降りてきた。

彼はチャックの車まで歩いて行くと窓をノックし、

「ロンか？」

と尋ねた。

「そうだ」

とチャックが答えると、男は
「俺はブッチだ。ケンのところへ君を連れて行くよう頼まれた。俺の車に乗ってくれ」

と言った。

潜入捜査では、捜査官はあらゆる手段を使って事態をコントロールする。これは本人の安全と捜査の成功のためだけでなく、状況が悪化し命が危険にさらされた時に張り込み捜査員が応援に駆けつけるためにも不可欠だ。だからチャックは――体には盗聴器、彼が乗る覆面車には小型の警察無線もあるとはいえ――こう応じてみたのだ。

「私が車で君の車についていくってのはどうだい？」

チャックが聞いた。

「だめだ。それじゃあ意味がない。あんたはここに車を置いて、俺があんたをケンのところへ連れて行く」

「どこに行くんだ？」

「そのうちわかる」

最終的にはチャックが折れ、ブッチの車に乗ることにした。

車に乗り込むときチャックは、ジミーと私が停車していた方向をちらりと見た。無線通信機は一方通行で、発信する機能しかない。こちらにチャックの声は聞こえても、チャックはこちらの声を聞くことはできなかった。そもそもチャックは通信機が作動してるのかも知りようがない。署を出る前、盗聴器を体に取り付けた際にテストはしていたが、こういった機器がいきなり故障するのは珍しいことではなく、潜入捜査の真っ只中に壊れることだってある。通信機が正常に機能しているのか、張り込み組はちゃんと聞こえているのか、まさに今回のようにチャックがどこかへ連れて行かれてもそれが伝わっているのかもわからない。こういった手探り状態は潜入捜査ではよくあることだった。

ブッチが2・4㎞ほど運転してコーナー・ポケット・ラウンジが見えてきた時点で、私たちの懸念は消えた。地元の人たちや特に軍人に人気のバーで、ネオンがギラギラ輝き、ビリヤード台が置かれ、ビールが安かった。後でわかったことだが、そのラウンジがケン・オデルとKKK連中が利用する非公式の面接会場だった。ジミーと私はバーの外に車を停め、周辺で待機している他の警官たちに無線で所在を知らせた。幸いなことに、ここでは通信機が完璧に作動していた。

チャックはケン・オデルに迎えられた。ケン・オデルは背が低く（約175㎝）ずんぐり（100㎏ほど）した男で、年齢は28歳というところか。茶色の髪を軍人らしく切りそろえ、口ひげは薄い。彼と一緒にいた、さらに若い20歳くらいの男をブッチは、

「弟のバロンだ」

と紹介した。「ロン・ストールワース」と話していると信じ込んだケン・オデルはチャックに言った。

「電話で君と話して感激したよ。君なら、「大義」のために役立つ良いアイディアがあるのではと思っているんだ」

チャックに書類が入った封筒を見せ、参加するために必要な情報はすべてあると言ったケン・オデルは、自分がKKKに入会した動機について説明を始めた。

ケン・オデルは、自分が〝ニガーども〟に撃たれ、妻がそのうちの何人かにレイプされてから、KKKが彼の「救い」になったという。ニガーに対する偏見を持つようになったのは、陸軍入隊後だった。

「KKKについて書かれた新聞記事はすべて読んでいるかい？」

ケン・オデルが聞いた。チャックは読んだと答えたが、見逃した記事もあっただろうと認めた。ケン・オデルは、KKKの会員たちがジャーナリストを呼んで、それらの記事を書かせたのだと説明した。KKKはその存在を世間に知らしめるために努力していた。素人っぽいし、時には必死に見えることもあるが、いくつかの記事が掲載されていた。メディアに載ることで、大衆の共感や新たな会員、自分たちの大義の正当化を望んでいた。たとえケン・オデルが統括しているこの町のKKKは小さくても、煽情的な存在には違いない。マスコミは何であれ、彼らについて報道するだろう。

　ケン・オデルは、メディアがKKKについても、彼自身についても悪い印象を与える報道をしたと説明したが、その詳細については触れなかった。それ以来、彼は軍の上部と問題を抱えるようになり、結果的に軍への再入隊は叶いそうにない。ケン・オデルと電話で話したときから何かに怒っているのはわかっていたが、チャックと話すケン・オデルの怒りはさらに顕著だった。彼の声には棘（とげ）があり、ときに悲しみを吐き出すようで、それが怒りをますます加速させていた。

「ニガーどもがやっていることは公にすべきだ。ブッチの奥さんに起こったことも」

　ケン・オデルは、ブッチの奥さんが最近「ニガー」に刺された、同じストリートに住む女性が容疑者だと言った。彼曰く、誰かがその女性の家の芝生で十字架の焼却儀式を行い、メッセージを残したが、やり方が下手だったと。その後、私はこの事件に関するすべての警察及び保安官の報告書のデータベースを調べたが、そんな事件が起こったという証拠は見つからなかった。それがもし本当なら被害者は警察に届けなかったということになるが、その可能性は極めて低い。

　ケン・オデルは声の調子を変え、白昼夢でも話すかのように
「燃やした本人に会って、十字架の正しい焼き方を教え、お祝いでもしてやりたい気分

だね」

　と言った。

　ケン・オデルは、ブッチが自分のボディガードだが、ＫＫＫ自体は非暴力集団だと説明した。彼は「グループのメンバーが暴行を受けない限り、こちらから暴力をふるうことはない」と強調した。

　コーナー・ポケット・ラウンジに来てからはチャックと話していなかったブッチが口を開いた。

「公衆の面前では、ＫＫＫを〝組織〟か〝大義〟と呼ぶ」

　彼は、黒人に対する暴力に走りたいのに、組織の非暴力ポリシーに従って耐えることの苦悩を説明した。

「ただ、我慢するのがきついこともある、わかるだろ？　でも、この運動はもっと大事だからな。俺たちの計画が世界を変えるんだ」

「だろうな。私も君たちの組織に本当に加わりたいと思っている」

とチャックは返した。ケン・オデルは書類が入った封筒を開けて会員申請書を取り出すよう言い、申請書の記入方法や費用について丁寧に説明してくれた。今年の残り分の会費は10ドルで、年会費は30ドル。それに、15ドルの支部手数料もあった。ケン・オデルはＫＫＫが持つ銀行口座を指定し、申請書にはチャックの顔写真もいっしょに提出しなければならないと付け加えた。

「ブッチと私は君にできるだけ早く組織に加入してほしいと思っている。そうすれば、君とバロンはすぐにデンヴァーに行き、宣誓してメンバーになれる」

また、申請手続きの完了から10日〜2週間程で、ルイジアナの本部事務所から会員カードが送られて来るだろうとケン・オデルは説明した。

「で、コロラドスプリングスでのＫＫＫ計画とは？」

とチャックが聞くと、ケン・オデルは、

「十字架を燃やす。４つな」

と答えた。

「場所は？」

とチャック。

「まだ検討中だが、丘の上だろうな。存在がちゃんと伝わるように」

ブッチは、十字架の大きさは5・2ｍ×2・4ｍで燃やす前に組み立てると説明した。何日か前に、会員が所定の場所へ行き十字架を差し込むための穴を掘り、使用するまでは岩で覆っておくということだった。

当日の夜、会員たちが各自言われたエリアへ行き、岩を取り除き十字架を差し込む。十字架に可燃性の液体をかけた後で、タバコでつくった導線に火をつけてマッチ箱の上に置く。点火に3分かかるので、逃げる時間も十分ある。

「ジェイムズ・ボンドの映画でタバコでつくった導線を見たのさ」

とケン・オデルは誇らしげだった。

「頭いいな」

とチャックが言うのを聞いて、私はジミーに微笑んだ。こちらにも007ファンはいるのだ。

　そしてブッチは
「会員承認が間に合えば、君も参加できる」

と言った。

　ケン・オデルは続けて、チャックにこれからの計画を語った。来月は「ホワイト・クリスマス」を行い、会員は貧しい白人のために食べ物やその他のプレゼントを渡す、と。

「ニガーどもめ」

とケン・オデルは言った。

「奴らはクリスマスは白人を騙して粗稼ぎするときだと思ってやがる、ユダヤ人も白人から金をせしめるときだと思っている。誰も白人のことなんて考えていないんだ。だからクリスマスには俺たちが貧しい白人たちのために何かしないと」

ケン・オデルはチャックに警告した。

「十字架焼却儀式にしろ、暴力行為にしろ、参加したとしても、それを絶対に認めないように」

と。これは組織のポリシーなのだと彼は説明した。会員希望の人を紹介する手続きについて聞くと、ケン・オデルはこう答えた。

「まず確認するのは、候補者にユダヤ人の血が入ってないかということ。なければ、個人面談を設ける。今日みたいに」

それを聞いて、私は張り込み車の中で隣に座っていたジミーに微笑んだ。チャックは2歩先のこと、つまり、もう一人別の人間をKKKに潜入させられないかと考えていた。

「このあいだ話したように、1月の集会にデイヴィッド・デュークが来る」

とケン・オデルは言った。

デュークの訪問を称えるために、コロラドスプリングス支部は街のメインストリートで会員たちの行進を計画している。この州のKKK指導者で、レイクウッドの消防士をしているフレッド・ウィルケンズの協力のもとで。デュークによる訪問の際は、白装束を着用した会員１００人が「グランド・ウィザード」デュークに敬意を払い、ＫＫＫはコロラドにもいるということを見せつけるべく行進するというのが目標だった。

ケン・オデルは、クリスマスまでにコロラドスプリングス支部で１００人の会員を集めることができれば、ルイジアナ州、ケンタッキー州、コロラドの州都であるデンヴァー地域や、南コロラドのプエブロやカニョンシティ（州の厳重警戒刑務所がある）などからも参加者が出る可能性があるとも示唆した。

「そうなれば、本当に意味のあるものになる」

とケン・オデルは言った。

数分ほど話した後、チャックは書類の封筒を手に取り、数日以内に申請書を投函すると約束した。彼とケン・オデルはまた話すことを約束し、ブッチの車まで歩き握手をして別れた。車で戻る途中、チャックはＫＫＫ会員数についてブッチに聞いたが、ブッチはわからない、州のＫＫＫリーダーであるフレッド・ウィルケンズだけが知っていると思うと答えた。チャックが受け取ることになる会員証に書かれているはずの２つの文字ＣＯはコロラドのこと。あとの数字は最初の２つが入会年、残りの数字は会員番号を表していると教えてくれた。

ブッチはさらに、他の都市と同様、コロラドスプリングスのＫＫＫ支部は５名前後のグループ「巣（デン）」に分かれていると説明した。ブッチによると、彼らは「互いに信頼し合い、会合の後も仲良く交流する」とのことだった。チャックが会員になったら、自分たちのグループに所属してほしい、とも言った。

チャックはクイック・インの駐車場に停めてあった自分の車に戻った。ブッチは数日後に電話し会員申請について引き続き説明すると約束した。見張りの車2台にブッチの車を尾行させたところ、ブッチはバロンとケン・オデルをコーナー・ポケット・ラウンジに迎えに行ったことがわかった。追跡を続けるとブッチは近くの家の前で車を停めた。後で判明したのだが、その家の住人はカリフォルニア州のワトソンヴィル出身、フォートカーソン基地に勤務する陸軍夫妻だった。チャックとジミー、私は署に戻り今日の捜査について報告をし合った。

あくまで私個人の調査だったため、麻薬捜査部の責任者アーサーには報告しなかった。アーサーのために言っておくと、彼の私に対する敵意は人種とは無関係で、むしろ自分の大胆さが原因だと思っていた。考えてみれば、私に潜入捜査のきっかけをくれたのは彼だった。ただ、1年前の保安官部署との共同捜査で私が保安官の計画に賛同したことが、アーサーにとっては裏切り行為であり、私たちの関係はそれ以来悪化していた。争いが起こったのは、アーサーが私に全面的な忠誠を要求したのに、私が自主性を表明したことにある。

ケン・オデルがくれた書類の中には、「クルセイダー」というKKK機関紙のコピーが2部と会員申請書が入っていた。会員申請書に自分の個人情報も含む必要事項をすべて記入した。そして事務所でチャックの顔写真も撮った。「はい、チーズ」と言って写真を撮りながら、この一連の作業をKKKのためにやっていることがおかしくて、ジョークを言い合った。

翌日、トラップ巡査部長からKKK会員費にあてる10ドルをもらって、ルイジアナ州メテリーに書類を郵送した。デイヴィッド・デュークが君臨する、KKKの本部へと。

デイヴィッド・デュークがどういう男かを説明することは大切だ。今日に至るまで、その名前は憎悪と同意語だし、現在の政治やメディア状況ではまさに避雷針のようなものだ。それが、もうすぐ私と〝友達〟になるのだ。

グランド・ウィザードの地位についていたが、デイヴィッド・デュークは「広報担当ウィザード」でもあったといえる。彼は早朝や深夜のトークショーに出演して「新たなKKK」について宣伝し、『タイム紙』や『ニューズウィーク紙』はデューク指揮下で変貌するKKKについて報道し、『PLAYBOY』や『oui』などの性的な雑誌を含む各種メディアに取り上げられていた。

彼の見た目は、母親たちが娘のデート相手として望むような「オール・アメリカン」な格好良さがあった。彼はいつも身なりが整っていて、マナーも良く(少なくとも公の場では)、理路整然と話し、大学院卒の高学歴だ。そのジキル博士的な外見で、ハイド氏のように醜い内面も、人種問題への見方も隠していた。表向き、彼は人種差別を語るのではなく、民族の遺産や歴史について話していた。こうして彼は、右翼大衆のための新たな人種差別を生んだのだ。黒人やその他の少数民族に対する反感と、政府への不満や変わりゆく社会に対する不安とが、巧みに混ぜ合わされた形での。

1979年ごろにOui誌のインタビューで「私は白人至上主義を説いているわけではありません」と言いつつも「白人は、黒人やその他の少数民族より優れていると確信している」とも発言している。「私が説くのは白人隔離主義です。アメリカにいる黒人はすべて故郷であるアフリカに戻るべきだと思いますが、彼らがこの国のいくつかの州に住むことも喜んで認めます。白人とは隔離された別社会で生きるなら」と。

デュークによるプロパガンダ宣伝は洗練されていた。メディアに出演する際には、KKKの白装束を身に着けず、代わりにスーツとネクタイ姿で登場した。彼は黒人に対する軽蔑的な表現を避け、特に「ニガー」という言葉は使わないように気を付けていたし、公共の場に出るKKK会員にもそうするよう勧めた。つまり、彼はKKKを一般的でメジャーな存在に仕立てようとしていたのだ。社会生活や政府への不満を抱える一般市民に「ＫＫＫという選択肢がある」と感じさせるために。

デュークは、ルイジアナ州立大学在学中ナチス風の制服を着てネオナチ運動のパレードに参加したような男だ。そんな彼は１９７９年、民主党保守派としてルイジアナ州上院議員選に出馬、26％の得票を得ている。１９８８年には大統領候補として民主党から出馬しようとしたが、候補者にはなれなかった。彼はその後、ポピュリスト党から指名を得ることに成功した。そして11州の大統領選で票に候補として記載され、他のいくつかの地域でも候補者扱いとなった。まもなく民主党から共和党に乗り換え、１９８９年、ルイジアナ州下院で議席を勝ち取る。しかし翌年、彼はルイジアナ州の共和党が推す米国上院議員候補にはなれなかった。１９９１年、デュークはルイジアナ州知事選にも落選し、１９９２年に今度は共和党員として大統領予備選挙に臨むも失敗、１９９６年にまたも米国上院議員を目指したが落選した。最後は１９９９年、米国下院議員ボブ・リヴィングストンに代わる特別選で、デイヴィッド・ヴィッターに対抗する共和党候補として出馬するが落選した。

もちろん、人種差別主義的な思想や哲学を公共で主張するための大きなプラットフォームを築いたという点では、デュークの選挙活動はすべて成功したともいえる。これによって、彼の対立候補も人種に言及せねばならなくなり、そうするとデュークを支持するポピュリストたちが暴言を撒き散らす。デュークを「白装束を着たネオナチ版アドルフ・ヒトラー」と見なすリベラルたちもそれに反論し、議論が盛り上がることになった。もしデュークがこれらの選挙にひとつでも当選しなかったなら、議論の対象にも値しない。だが民主党候補として2度も失敗した後、共和党候補として当選した事実は、有権者の考え方について多くのことを物語っている。保守的な右翼共和党の政治アジェンダは、KKKのような憎しみに満ちた人種差別過激派の白人たちとかなり近いし、それは今も変わっていない。

チャックがもらってきたKKKのパンフレットを読んでいたら、フロリダ州のパームハーバーに電話をすると「KKKの声」が聞けるという宣伝文句に気が付いた。そこへ電話をかけてみると、さまざまな地域から事前に録音されたメッセージを聞くことができた。それらはまさに白人至上主義レトリックの典型だった。

「目を覚ませ、白人たちよ！　黒人があなたから女と仕事を奪おうとしている。ユダヤ人はあなたのお金が欲しいのだ。シオニスト占領政府は、米国憲法で保証されているあなたの市民権を奪い、あなたを泥色人種やユダヤ人の奴隷にしようとしている。あなたにとって唯一の救いは、KKKの騎士団に加わること。我々白人が受け継いできたものと我々のものであるべき場所を守ることに専念している、たったひとつの愛国者グループだ」

シオニスト占領政府とは、白人至上主義者の典型的な考え方で、アメリカはイスラエルの政策に影響を受けたユダヤ人の支配下にあるというものだ。「泥色の人」とは、白人至上主義者に言わせると「ユダヤ人の支配下にある」すべての非白人を指す。

抑揚のない録音された声が説教を唱えていたが、それが急に遮られ誰かが電話に出た。

「ハロー」

「もしもし？」

私は聞いた。

「誰ですか？」

「こちらはデイヴィッド・デューク。ＫＫＫの声だよ」

と言って、クスッと笑う声が返ってきた。私はかなり驚いた、と言わねばなるまい。

「私はロン・ストールワース、コロラドスプリングス支部の新しい会員です」

「はじめまして」

私たちは社交辞令を言い合い、私は彼の堂々としたリーダシップをいかに尊敬しているかを伝えた。彼の反応は悪くなかったので、うまく引き込めた気がした。

「デュークさん、1月にこちらへ来る予定というのは本当ですか？」

「本当だ。1月のどこかで計画しているが、詳細はまだこれから詰める。君も参加してくれたら嬉しいね」

私が、最近彼のおかげでKKKがメディアで注目されていることを賞賛すると、彼はこれまで自分が成し遂げてきたことを自慢し始めた。デュークのような人間も、そして知的なリーダーというには程遠いケン・オデルのような人間も、私は扱い方を心得ていた。ゴマをすり、無条件の忠誠を提供するというやり方だ。15分ほど話した後、彼はパームハーバーでの集会に出席する準備をしなくては、と言った。彼は私に、

「君の町で会えたら嬉しい」

と言って電話を切った。会話を終えた後、私はにやりとした。考えうるどんな計画よりも順調に進んでいたからだ。

トラップとチャックは、私がデイヴィッド・デュークと話したことが信じられない様子だった。「あんた、狂ったマザーファッカーだな」とチャックは言った。彼らはそもそも私がやっていることが信じられなかったし、それにまんまと騙されているKKKの馬鹿者たちにも驚いた。彼らは署内を歩き回りながら
「このサノヴァビッチ野郎(クソ)がやってることが信じられるか？　デュークと話したんだぜ」

と言って回った。私は捜査が確実に前に進んでいると感じられて気分爽快だった。小さな新聞記事から部署へのいたずら電話まで、KKK関連の情報はすべて私の耳に入ってくるようになった。そして、彼らがコロラドスプリングスで自分たちの存在を広めようとしていることは誰の目にも明らかだった。一般の人々も、こうした記事や広告を見て動揺し始めていたのだ。

コロラドスプリングスで存在感を強めつつあるKKKに対する最初の抗議行動については、私がデイヴィッド・デュークと「KKKの声」で話した同日に報告を受けた。私たちのオフィスに諜報メモが届いたのだ。KKKへの抗議として、黒人とラテン系の人々がKKK会員の車ならどれでも放火することを計画している、と。そしてこの情報は信頼できると判断された。そこから翌週にかけて、デイヴィッド・デュークが1月にコロラドスプリングスに来て、この町のKKK支部のためにも大規模な宣伝攻勢で人材募集をかけるという噂が広まり始めた。

コロラドスプリングス署の制服に身を包んだ警察官は、市域の南端にあるサウスゲート・ショッピングセンターでの騒ぎに対応していた。彼らは、8人のデモ隊が太字で反KKKと書かれたプラカードを持って店の前を静かに行進しながら小冊子を渡しているのに遭遇したのだ。あるデモ参加者は私立コロラド大学の大学教授だと後にわかった。

英語とスペイン語で書かれたその小冊子は、反人種差別国際委員会（INCAR）から出版されており、デンヴァーの私書箱住所が記載されていた。反人種差別国際委員会の会議が夕方に予定されていることがわかり、私は偽名で出席した。これが、進歩的労働党（PLP）と、その「フロント組織」反人種差別国際委員会を巻き込んだ、もう一つのKKK潜入捜査の始まりだった。

ショッピングモールでデモをしていた団体は「この町にKKKのようなヘイト集団はお断り」と主張するだけの集まりで、それ以上の何ものでもなかった。一方、INCAR（CARとも呼ばれる）のような団体は、KKKにとっても警察にとっても脅威だった。INCARとその親組織にあたるPLPは極めて急進的で、KKKを完全に壊滅させることに力を注いでいた。彼らの計画はよく練られ、確固たる方針があり、自分たちの要求を主張する抗議デモをうまく動かしていた。時にそれは暴力的になる可能性もあった。

これは1970年代のことで、政治や社会の不安が大きい頃の話だということを忘れてはならない。抗議活動としての暴動はニューヨークやシカゴ、サンフランシスコのような都市では普通のこと。70年代という激動の時代には、「ウェザー・アンダーグラウンド（ウェザーマン）」「新世界解放運動」「シンバイオニーズ解放軍」等、今となっては微かにしか思い出せない1ダースほどの過激な地下組織が、何百という爆弾を炸裂させていた。その数はあまりに多く、人々はそれを生活の一部として受け入れていたほどだった。

デンヴァーのINCAR代表者であるデンヴァー大学教授マリアンヌ・ギルバートは、ＰＬＰのデンヴァー代表ダグ・ヴォーンといっしょにその会議に出席していた。ヴォーンは自身を、時にＰＬＰの、ときにはINCARの代表者と名乗った。INCARは、ＰＬＰの表の顔、公式フロント組織だった。INCARの構成員は、強い政治的意欲を持たない普通の市民だ。一方でＰＬＰは、最も献身的で積極的に政治に関わるメンバーで構成され、共産主義イデオロギーを持つ集団だった。ダグは共産主義者だったが、機会があればINCARを宣伝していた。彼らは黒人を歓迎していたため、私も自ら会議に出席できた。ただし、潜入捜査用の偽名の一つを使って、だ。「ロン・ストールワース」はＫＫＫで手一杯で、同名で極左運動に加わるわけにはいかない。この会議の目的は、INCARのコロラドスプリングス支部設立について話し合い、ＫＫＫとデイヴィッド・デューク訪問に対する抗議運動の計画を立てることだった。

ＫＫＫの存在に対する一般市民の抗議組織は、またたく間に形成された。その中には、数多くのアルファベット略語の組織があった。LAMECHA（コロラド大学）、ＢＳＵ（黒人学生ユニオン、コロラド大学）、LaRaza（コロラドスプリングス）、CWUC（コロラド労働者統一協議会、デンヴァー）、PBP（生活向上を考える市民の会、コロラドスプリングス）、ARC（反人種差別連合、コロラドスプリングス）など。

KKKに反対するために組織形成された左翼勢力はあまりまとまっておらず、そのほとんどが非暴力的なことは確かだったが、私はコロラドスプリングスが沸き始め、怒りや恐怖が広がることを予感していた。KKKが計画しているのは、十字架焼き、デモ行進、人員募集。一方の対抗勢力による脅威ははるかに低いものの、依然として暴力や不穏に繋がる可能性は拭えなかった。自分の捜査がこれまで以上に重要なものとなる中、思いもしなかったことが起こりつつあった。希望に満ちたKKKの新規会員申請者「ロン・ストールワース」が、捜査チームの計画を超えてすぐに昇格していくことになるのだ。

077　新たな友デイヴィッド

5 ―― 大怪竜（グランド・ドラゴン）と地獄の業火

コロラドスプリングスは人口約25万の都市で、私がいた警察署では約250人の警官が働いていた。そしてこの街には、空軍士官学校やピーターソン空軍基地などに代表される軍事関連施設があった。こうした場所によくある問題は、街にやってくる若者たち、売春、ドラッグ、喧嘩など、みんなが休暇中にやるようなことだ。しかし、政情不安やヘイトグループの問題はあまり見られなかった。それでもコロラド州デンヴァー南西の郊外レイクウッドに住むフレッド・ウィルケンズは例外だ。消防士の彼は、コロラド州KKKのリーダー（グランド・ドラゴン）でもあった。地元の神父たちにとって悩みの種だったのは、ウィルケンズが人種主義的な政治信条の持ち主であり、往々にしてマスコミの取材でそれを宣言することがあったからだ。ただし、彼の行為はすべてが合法的なものだった。ギリギリだとしても、それでも法の許す範囲だ。多くのマスメディアが彼のＫＫＫとしての課外活動を取り上げた。１９７８年の『デンヴァー』誌の「見えざる帝国を暴く：ＫＫＫのマスタープラン」というタイトルの記事の中でウィルケンズは次のように述べている。「ＫＫＫは白人にとっての希望です。コロラド州にせよ、この国全体にせよ。我々はアメリカ白人たちに我々の仲間になる機会を与えたい。我々はコミュニティーへ出向き、新たに復活したＫＫＫの姿をお見せしましょう」

こんな人物が消防士として働いていることについて、メディアやレイクウッド市当局に一般市民からの苦情が殺到していた。市民から非難されたり、人種観に問題ありとして当局から活動を止められるようなこともあったが、彼の課外活動を公式に裁くための証拠はなく、これまで何の罪に問われることもなかったのである。ウィルケンズがＫＫＫへの忠誠を公表していても、それは米憲法修正第１条で保障された権利であり、レイクウッドの消防士としての公的な職務を果たしている限り、市当局は彼に何の措置も取ることができなかった。それどころか彼は見かけ上は立派な消防士であり、消火活動で救出した黒人に口移しの人工呼吸を行ったという記録もある。自分の公的な職務と個人的な信条をいつでもはっきりと区別していたので、市としてもごく限られた権限内で彼に対する不満を表明することしかできなかった。『デンヴァー』誌の記事でウィルケンズはこう断言していた。「私は消防士として現場にいます。大勢の人が私の失業を望んでいるようですが、自分が正しいと思うことを信じるのは憲法で保障された権利です。私はこれからも立派な消防士として最大限の努力をするつもりです。私の職務はすべての市民の生命と財産を守ることであり、それは白人でもマイノリティ集団でも同じです。人種主義者（レイシスト）かと聞かれたら私はこう言うでしょう。それは言葉の定義によります。それが、異なる人種を憎むことを意味するなら、私は当てはまりません。しかし、自分が属する人種を愛する人間という意味なら、私は確かに人種主義者でしょう」

　だが、ウィルケンズは脚光を浴びるのが大好きだった。自分に対する注目を高めようと、いろいろな取材に応じ、地元のメディアも消防士兼KKKリーダーの実像を明らかにしようと躍起になった。当時の最高幹部デュークのようにKKKをメジャーな存在にしたかったウィルケンズは「KKKは特定の人種を抑圧するようなことは望んでいない。ただ、各人種がその力を最大限に発揮するには、それぞれ別に活動すべきだ。ゆえに、人種的統合や異なる人種間の結婚には断固として反対する。人種は完全に分離すべきだ、お互いの利益のために」と主張していた。

また、黒人については次のように述べている。「我々は黒人が白人社会にふさわしくない、適応できない存在だと思っています。黒人たちがいる限り、我々の社会には犯罪が増え、社会福祉のために増税が行われ、教育や労働のレベルが低下するでしょう。そうして白人文明は衰退するのです。我々は黒人社会に対して友好的な態度で接することを希望していますが、完全な分離状態で生きることを選択します。メキシコ系の住民や他のマイノリティに対しても同じ考えです」

そこで私は捜査の一環としてウィルケンズ氏に連絡を取った。彼は食物連鎖の頂点にいるような人物だ。ケン・オデルのように地域のリーダーをしているだけで何ら明確な回答ができない下っ端の人間よりも、ウィルケンズのような大物と直接話をしたかった。ウィルケンズについてできるだけ多くのことを知りたい私にとっては、電話で彼と連絡を取るのが一番いい方法だった。それに、レイクウッドはデンヴァーに近い。これで、デンヴァーの潜入捜査官をＫＫＫのコロラド州本部捜査に引き込む土台作りに着手できるだろう。私が知る限り、デンヴァー警察の諜報部は自分たちの管轄内におけるＫＫＫの活動に対して積極的な潜入捜査をこれまで何もしていなかった。

ウィルケンズが電話に出ると、私は自分はコロラドスプリングス支部の新しいＫＫＫ会員だと自己紹介した。

「ロン・ストールワースです。コロラドスプリングス支部の新会員です。お話しできて光栄です、ウィルケンズさん。」

ウィルケンズはとても穏やかで、私からの電話を喜んでいた。

彼もデイヴィッド・デュークも、称賛されるのが大好きな人間だ。だから、彼らに近づくには自尊心をくすぐればいい。つまり褒め称えるのだ。

「『大義』についてより深く学びたいのです」

私がＫＫＫの歴史や活動についての知識を得るのに役立つ文献を教えて欲しいと頼むと、彼はＫＫＫの機関紙『クルセイダー』を何冊か送ると約束してくれた。また、会員証の発行について尋ねたところ、状況を確認すると言ってくれた。今日現在はともかく、2日経っても発行されない場合、彼に電話をすれば彼が個人的にルイジアナの総本部に連絡をして、手続きを進めてくれるようにするとのことだった。

さらに、1月に迫っているはずのデイヴィッド・デュークのコロラドスプリングス訪問について尋ねると、おそらく1月第1週になるだろうとの答えが返ってきた。ウィルケンズは予定されている行進をするために白装束を着たＫＫＫ会員を１００人ほど集めたいようだ。そして、最近『ガゼット・テレグラフ』新聞の取材を受けた地元のＫＫＫのリーダーをしているケン・オデルの発言についての個人的な感想を聞かれたので、彼は組織の目的と最終的な到達点についてとても上手く説明しており、彼の考え方は一般市民から好意的に受け止められていますと返事をした。ウィルケンズ自身もコロラドスプリングスのメディアで個人的な取材にもっと応じるべきかと聞いてきたときに私が無条件にそうすべきですと答えると、ウィルケンズはレイクウッドで私と会いコロラドスプリングス地域での組織化を進める計画について話し合いたいと言ってきた。私はもちろん、それに応じることにした。

ウィルケンズは説明した。

「ＫＫＫの計画は政治的な活動が軸だ。目標は、コロラド州全域のあらゆる政府組織に議員としてＫＫＫの会員を送りこむこと。立候補に適した会員がいない場合には、会員ではなくともＫＫＫの哲学に共感してくれる人物なら支援しよう。その候補者がＫＫＫの公認や資金を求めてきたら応じる。重要なのは正しい考えを持った人たちを政府組織に送り込むことだ」。

ウィルケンズは、「ニガーたち」は政治的によく組織されているのだから、我々も自分たちが持つものを守るために同じことをしなければならないとも言った。

「もう時間だから失礼するが、君と会えるのを楽しみにしているよ」

と言われたので、礼を言って（いつだっておべっかは大切だ）私は電話を切った。

その8日後、私のもう一つの人格であるチャックがケン・オデルから電話を受けた。麻薬捜査部の潜入捜査用番号あてにだ。「ロン・ストールワース」と話していると思ったケン・オデルは、

「君の会員証がまだ到着していないので、KKKの活動に全面参加はできない」

と言った。また、「デューク氏」と昨日個人的に話をしたところ、コロラドスプリングス訪問は1月1日だと教えられた、とも。

コーナー・ポケット・ラウンジでチャックと最後に会ってから、ケン・オデルはテキサス州サンアントニオへ里帰りをしていた。ケン・オデルによると、彼が戻った後でいくつかのメディアから取材の申し込みがあり、彼はそれを引き受けるようだ。また、コロラドスプリングスには100人ほどのKKK会員応募者がいるが、1月に予定されている行進までに全員が白装束着用者となるのはほぼ不可能だと付け加えた。行進の計画を完全にあきらめたわけではないが、現時点では見込み薄だ、とも言っていた。志願者たちがKKKの立場を誇示すべく白装束を受け取るまでは1ヶ月ほどかかるからだ。彼は直接会いたいとチャックに言って電話を切った。

30分後、麻薬捜査部署の潜入捜査用番号にケン・オデルからまた電話があり、「ロンと話したい」と言う。その時はチャックも部屋にいなかったので、また別の麻薬捜査官が

「ロン」を演じた。ケン・オデルは、ＫＫＫの総本部から私の入会が承認されたとの連絡を受けたところだという。「会員証は数日以内に届くよ」と保証してくれた。

11月28日には地元のＫＫＫ支部がフォートカーソンの近くにあるセキュリティ区域内の州道85－87に位置するファウンテンヴァレー銀行に口座を開設していることを教えられた。その口座はケン・オデルとジェニファー・Ｌ・ストロング名義になっており、「ホワイト・ピープルス・オーガニゼーション」の名で法人登録もされ、口座開設時の預金は44ドルだった。私は後になって、ジェニファー・Ｌ・ストロングはＫＫＫの組織と関係がある人物だと聞かされた。

同じ日のうちに、私はコロラド州レイクウッドのフレッド・ウィルケンズに電話をした。ウィルケンズはニューオリンズの全米ＫＫＫ代表者大会から戻ったばかりで、デイヴィッド・デュークは１９７９年の1月6日にデンヴァーに行くと決まったこと、そして1月7日か8日にコロラドスプリングスでグランド・ウィザードに敬意を表して行進を行うつもりだが、まだ白装束を持っていないＫＫＫ会員がたくさんいるので躊躇していることを話した。大規模なメディア露出を狙うＫＫＫには象徴的な白い白装束を着て行進する姿が一般市民の目に止まることがどうしても必要なのだ。

ケン・オデルもウィルケンズも「すべての会員が白装束を身につけた威圧的な集団」

を演出することに必死になっていた。そこで私は白装束の起源を調べるという重要な作業に取りかかることにした。真っ当なアメリカ人たちに恐怖や憎しみの感情を簡単に呼び起こしてしまうその白装束の由来は何なのだろう。

起源は1869年、テネシー州プラスキ。初代グランド・ウィザード、ネイサン・ベッドフォード・フォレスト将軍の指揮下にあるKKKに属する元・南軍兵士たちが、口、鼻、両目の部分に穴をあけた白いシーツを身につけていた。中には、目だけ穴をあけている者もいた。歴史上の記録によると、自分が乗る馬の背中に白い布をかけた者もいたらしい。いったい何の目的で？

奴隷主や一般の白人たちの間では、解放されたばかりの奴隷たちが幽霊や別世界の霊魂の存在を信じていることが知られていた。なかでも解放奴隷たちが特に信じやすかったのが、先の南北戦争で死んだ南軍兵士たちの亡霊だ。この迷信をうまく利用して、KKKの創設者たちは奴隷たちに恐怖心を植えつけようとした。そして、白い布をまとった馬と乗り手は戦死した南軍兵士とその馬であり、彼らが地上に舞い戻り戦前の南部の伝統を守ろうとしているのだ、と解放奴隷たちが考えるように仕向けた。実際、この試みにより初期のKKK会員たちがこの目的を見事に達成したため、南北戦争での北軍勝利も、物理的にも道徳的にも荒れ果てた南部を立て直すための米国政府の努力も、無に帰してしまった。

「燃え盛る十字架」もＫＫＫが使う象徴のひとつだ。この十字架は白人であれＫＫＫに反対する人たちの庭に立てられた。想像してほしい、迷信的な奴隷たちの目の前に突然馬に乗った人間の亡霊が現れ、「古き良き南部」の名誉ある伝統に反した罪に対する報復として、燃え盛る十字架を掲げて行進するという悪魔のような光景が繰り広げられるのだ。

伝統的には、十字架を燃やす行為は「十字架に明かりをともす儀式」であり、宗教的な祝祭とされている。ＫＫＫの会員自身も宗教的なシンボルを燃やすことを神への冒とくだとは思っておらず、キリスト教徒としての信仰心を表す名誉ある行動だと捉えていた。しかし歴史を通じて、「燃え盛る十字架」はＫＫＫからの復讐を恐れさせる手段として利用された。つまり、ＫＫＫとその会員たちは当初から、国内テロリズムを生み出すために尽力していたことになる。

南北戦争の亡霊を信じる人間はもう存在しないが、迫害の対象に恐怖心を起こさせるため、ＫＫＫはこうしたシンボルを今でも使っている。

白装束を着たＫＫＫ会員１００人が隊列を組んで行進する姿が、それを見つめる多くのメディアによって報道される。それだけで、コロラドスプリングスの住民、中でも黒人市民、特にこうした暴挙に馴染みがない黒人の子どもたちを怯えさせるだろう。

ウィルケンズによると、デイヴィッド・デュークがPLPから殺害の脅迫を受けていたため、ニューオリンズでの行進はウィルケンズが先導することにしたが、デュークは脅迫にも決して引き下がらず、行進は何事もなく行われたそうだ。

ウィルケンズは「ニガー」連中から非難されたが、ニューオリンズ警察による万全の警備に加え「ニガー」との衝突を避けるためにKKKが警察に協力し、また行進を予定より1時間早く行った。だから「ニガー」たちが抗議集会に集まる時間には、もう行進は終わっていたのだ。KKKの会員が2人逮捕されたが、それは銃を所持し「ニガー」を怖がらせるために」空に向けて数弾発砲したことが理由だった。

「オデルの馬鹿が記者になんて話したか、君は知ってるかい？」

とウィルケンズは私に尋ねた。ケン・オデルが1月に開催されるデイヴィッド・デュークのための行進に、白装束を着た100人のKKK会員が参加すると約束したのを私は知っていた。そのせいで、コロラド州全体のKKKリーダーをしているウィルケンズは、ケン・オデルの公約を実現させる責任を負うはめになった。白装束を着ていないKKK会員が大勢いると、メディアに強い印象を残せない。続けてウィルケンズは、ぜひ会ってコロラドスプリングス地域の組織化戦略について話し合いたいと言ってきた。さらに、コロラドスプリングスのメディアとのパイプ役になり、デイヴィッド・デュークが滞在している間の取材対応をしてくれないか、とも。私は、光栄ですと答えた。

ウィルケンズは私に小包を送ると言った。ただし届け先は捜査用の私書箱だ。ＫＫＫ会員としてどのような行動をとればいいのかを学べるよう、ＫＫＫ規則の本が届くらしい。そして、ＫＫＫの会員証も翌週には郵送されるとのことだった。

私は、行進を妨害しようとしている黒人の過激派グループがいるという情報をつかんでいないかと尋ねたが、ウィルケンズは妨害を計画している特定の団体の心当たりはないと言った。そして、ＫＫＫはどのような抗議活動にも対処する体制を整えているが、抗議活動が起こるとしたら非暴力的な手段で行われることを望んでいる。しかし、仮にＫＫＫの会員に暴力が向けられた場合には、他の会員たちがそれなりの手段を講じるだろうと話した。それ以上の詳細は教えてくれなかったが。

その後、ここまでに入手したさまざまな名前や情報を吟味すると、ＫＫＫに対する抗議運動が勢いを増しつつあることがわかった。その一例が、１９７8年11月29日付の『コロラドスプリングス・サン』新聞（現在は廃刊）に取り上げられている。

その記事によれば、反人種差別委員会（ＣＡＲ）と生活向上を考える市民の会は、ＫＫＫへの抗議行進を、当初予定していた12月21日から12月16日に変更すると発表した。

これは、地元の公民権提唱者たち約60人による会合を受けて決定したもので、12月21日ではクリスマス休暇に近すぎるというコロラド大学の学生らによる訴えを考慮し、前週にして大勢の学生たちが参加しやすくする狙いだった。

この会合の主眼は、KKKに反対する人たちを一致団結させるための戦略を話し合う事だった。60人も参加したのは特筆ものだ。この会合が、事前に公表されず、口コミであっという間に知れ渡った結果だからだ。

この戦略会議でみんなを最も動揺させたのは反人種差別国際委員会（INCAR）デンヴァー支部のダグ・ヴォーンによる提案だ。INCARとPLP、両組織のメンバーである彼は、その時々の状況によってどちらのメンバーとして主張するか決めていた。2つの組織の違いは、INCARが一般大衆向けであるのに対して、PLPのメンバーは熱心な共産主義者が多かったという点だ。ヴォーンはKKKと暴力的な方法で対峙することを求めてこう言った。「KKKやナチスのような人種主義の害虫どもが岩の下から這い出てきたら、その岩で奴らを打ち砕いてやればいい」

KKKの1月行進に対する第3の立場は、コロラド大学黒人学生ユニオンが提案した「KKKの存在をまったく無視する」というものだった。こうすれば、自分たちは大衆の支持を受けていないとKKKに感じさせられると考えたのだ。彼らの広報担当者は、「家でテレビを観ている人たちの反応は次の2つのうちのどちらかでしょう。怖がるか、あるいは無関心か。どちらも、さほど積極的な反応とはいえません」と説明した。

議論を通じて、KKKは（1）賢くて、（2）周りの状況によって立場を変える、（3）暴力的な集団で、いつでも行動できる、という結論に至った。KKKが住民たちを取り込むにせよ敵対するにせよ、コロラドスプリングスで足場を固めようとする彼らを食い止めるため、万全の準備を整えなければならない、と会議の参加者たちは感じた。最終的にその会議では、KKKの行進に対する最も適切な行動として、小さなグループに分かれてKKKに反対するチラシを配ったり、KKKが敵対的な存在であることやKKKの真の目的を大衆に知ってもらうための看板を掲げることにした。この会議に、私も偽名で参加していたのだ。捜査の一環として。

各地で開かれる反KKKの会合に参加しているのは主に大学生で、他に教授や大学職員、そしてこの問題に関心を持つ市民たちだった。主婦を含めてあらゆる人たちがこの街でKKKが台頭してくるのを心配していた。しかし、こうした人達はきちんと組織されているわけでもなく、何らかの積極的な行動をとる計画もない。違うアジェンダを持つ多くの集団は同居できず、一致団結は明らかに無理だった。

この会議で明らかになったのは、KKKの急激な台頭への反応はさまざまだということ。自分たちのような反対派の存在を示すための最良の方法は何かという点での合意を欠いていた。平和な行進から暴力的な手段での対峙、あるいはＫＫＫの存在を完全に無視するなどの意見を経て、最終的に決まったのが、チラシを配布したりＫＫＫに反対するスローガンを書いた看板を掲げることだけだった。ＫＫＫの侵入に深い懸念を表明している人たちの間でも、各自の考え方は大きく異なっていた。

そんなとき、私とケン・オデルの関係に重要な進展があった。12月1日にケン・オデルからチャックへ電話があり、彼の自宅でＫＫＫの会合を開くと言うのだ。ブッチと彼の妻がこの街を離れ、故郷カリフォルニア州に戻ることになったのに加えて、ケン・オデル自身も軍を除隊になり１９７９年の１月には故郷のテキサス州サンアントニオへ帰ることになった。すると、地元のＫＫＫにリーダーがいなくなってしまう。そこでケン・オデルは、今までの会話から好印象を持っていた私（チャック）なら、立派なリーダーになってくれるだろうと判断したのだ。

もちろんチャックも私も、この事態は全く予想していなかった。ケン・オデルとのこれまでの電話からは、彼がこの方向へ話を進めようと考えていたことなどみじんも感じられなかった。もしこうなることを予測していたら、巡査部長やチャックを交えて、「ロン・ストールワース」にＫＫＫ騎士団コロラドスプリングス支部の指導者の地位を与えると宣言されるときの戦略を事前に練っていただろう。この申し出に関する最大の障害はおとり捜査の問題だ。優れた捜査官であるチャックはすぐにこの状況に気がつき、対応した。

おとり捜査の法的な問題を考慮して、チャックは自分に向けられた矛先を変えようとケン・オデルにこう言った。

「他のメンバーの中に、あなたと同じ考えの人はいるのでしょうか？」

潜入捜査官として、私たちはいつもおとり捜査を避ける方法を考えていた。おとり捜査とは、こちらから積極的に捜査対象者をだまして、悪事を働かせるものだ。例えば、私たち捜査官自身が「十字架を燃やそう」と言い出しておいて、それに参加したＫＫＫの会員を「コロラドスプリングスを恐怖に陥れた」罪で逮捕することはできない。この点でＫＫＫのリーダーとしての地位を手に入れられるのは危険だが、同時に大きな見返りを得る可能性も秘めていた。

潜入捜査官は、情報を入手したり容疑者を逮捕するためにさまざまな方法を使うことが法的に認められているが、その気がない人物に犯罪をするよう説得することは許されない。相手が有罪確実な容疑者でも、犯罪を強制するのはダメだ。だから、捜査中はいつでもおとり捜査の問題を心に留めておかねばならない。おとり捜査があったとなれば、逮捕された容疑者の弁護の根拠となる。ひとつの些細なミスが捜査の成功と失敗の差、そして起訴か棄却かの違いにつながることもあるのだ。

私もしくはチャックがＫＫＫの会員と話すときには、相手が通常はやろうとしないことをそそのかさないよう、会話の内容に気をつける必要があったが、それは容易ではなかった。会員たちは行動計画をどのように実行すべきか、ことあるごとに私の意見を求めてきたのだ。そうした計画の中には市民と対立することになりかねなかったり、もっと直接的に警察との衝突になる可能性を持つものもあった。私かチャックが会話を誘導してＫＫＫの会員が犯罪行為をするように仕向け、それから逮捕して起訴に持ち込む方がずっと簡単だったろう。しかし私たちは社会に対立を引き起こすような行動から話を遠ざけるよう心がけた。その方が情報収集に都合がよいし、治安も維持できる。このように、おとり捜査についての法的な規制が私たち捜査官の行為を制限しているからこそ、私たち自身が犯罪を犯すという一線を越えないでいられるのだ。

ケン・オデルは、チャックに夕方自宅で開催される会合に参加するように何度も勧めてきた。チャックを自分の後任としてリーダーにしようと考えていたからだ。チャックは予定があるからと招待を辞退し、「自分は隠れたＫＫＫ会員として身元がわからないようにしておきたいので、地元のリーダーという公の活動は控えたい。実はコロラドスプリングス市役所の公共事業部で働いているので」とケン・オデルに言った。私たちは捜査に当たって「市役所で働いている」とすることが多い。何千人もが働いているので、身元を隠すのに好都合なのだ。

またケン・オデルは、先日デイヴィッド・デュークと話したときにデュークはコロラドスプリングスに1月6日に到着し5日間滞在する、それまでに100人の白装束を着た会員を集められれば、行進は予定通り行うと明言した。

12月5日にチャックがケン・オデルに電話をすると、3日後にケン・オデルの家で別の会合があり支部の後任幹部人事について話し合いをすると言われた。そこでチャックは会合に出席することにした。12月8日、ロン・ストールワースになりすましたチャックはケン・オデルの自宅に行き、彼の妻アニタから歓迎を受けた。彼女の民族的背景を考えると、KKK会員の家庭としては特殊だ。KKKが敵視するマイノリティー集団のひとつはメキシコ系アメリカ人で、メキシコ系の住民が多い地方ならなおさら標的にされる。とはいっても、KKKが一番敵視しているのは黒人とユダヤ人だが。ケン・オデル夫婦はテキサス州サンアントニオ出身で、妻はメキシコ系だ。しかしチャックは、会合に参加するにあたりこの件には触れないことにした。

こうしてやり取りするうちにわかってきたのは、ケン・オデルが決して信用できない人物であることだ。ありもしないことをでっち上げては自分が重要人物であるかのように見せかけ、会員の数を水増ししたり、達成できないような計画を自慢げに話す。腹が立ったが、それでも彼はKKKという世界への窓口として重要だった。

ケン・オデル宅に集まっていたのは彼と妻を入れて7人、後に判明したのだが、全員がフォートカーソンの兵士だった。その中の一人、ジョー・スチュワートはKKK支部の重要人物だ。ケン・オデルは彼を自分の「副司令官」と紹介した。その他に会計担当のティム、そして警護担当（ナイト・ホーク）であるボブがいた。このKKK支部の構造が明らかになったのは初めてだ。そしてケン・オデルは、今回の会合で話し合うべき4つの議題について説明した。

1. 『ガゼット・テレグラフ』紙に対する訴訟の可能性
2. コロラド州刑務所内へのKKK活動の紹介
3. 新規会員の募集
4. 新たな地元リーダーの選出

彼らがいう訴訟とは、『ガゼット・テレグラフ』新聞がKKKの広告を一定期間掲載すると約束しておきながら、突然掲載を終了した件についてだ。ケン・オデルが言うには、フレッド・ウィルケンズとデンヴァーの組織が告訴をサポートしてくれることになっており、あちらはさらに手続きを進めていきたいと考えているとのことだった。次の議題である刑務所へのＫＫＫ紹介について、ケン・オデルは次のように話した。白人の囚人たちはＫＫＫ会員募集の対象者だ。彼らは閉じ込められ、黒人やラテン系の囚人たちと同じ扱いを受けている。塀の外には彼らの味方をしてくれる仲間がいること、そして塀の中にも頼れる共同体があるということを教えるのだ。ケン・オデルによると、ＫＫＫの機関紙を受け取った囚人はこれまでにひとりしかいない。しかし、なぜひとりだけなのか、その人がまだ刑務所にいるのか、まだＫＫＫからの機関紙を受け取っているのか、あるいは刑務所の職員に妨害されてしまったのかなど、詳細までは教えてもらえなかった。

ケン・オデルは手始めに、機関紙『クルセイダー』にＫＫＫへの参加申請書をつけて白人の囚人たちに送るという計画を立てた。それに続き、コロラド州カニョンシティにあるコロラド州刑務所内にＫＫＫの巣（デン）（支部）を組織すべく積極的に取り組む、と明言した。

「コロラド州刑務所のみんなに接触する計画の次に、新しい会員の勧誘方法についての戦略を話そう」

と言ってケン・オデルはこう説明した。

「我々は1月にデューク氏がコロラドに来訪するまでに、100人のKKK会員を集めなければならない。そのため、これから新しい方針を実施する。君たち各自が、それぞれ3人の新しい会員を加入させる。それから今度は、その新会員の各自がまた3人の新しい会員を加入させる、それをどんどん続ける。そうすれば、会員の数は指数関数的に増加する」。チャックの体につけられた通信機ごしにそれを聞いていた私は、ケン・オデルが「指数関数的に」という言葉の発音を間違えながら自慢げな薄ら笑いを口元に浮かべている様子が想像できた。同時に、これまで以上に捜査を広げるチャンスだとも思った。チャックが別の捜査官をあとひとりでも新会員としてKKKに加入させれば、こちらのマンパワーは2倍になる。

そしてケン・オデルは最後の議題である新リーダーの選出について話を始めた。彼は、軍人ではなく民間人を、なるべく早く後任のリーダーにする必要があると考えていた。兵士には軍の規則があり、任務時間帯や除隊などによって活動が制限されるので、KKKの代表には民間人がいいということらしい。

それからケン・オデルは、簡潔に自分の考えを述べた。自分は、ロン・ストールワース君（つまりチャック）を新しい地元のリーダーに選ぶ。その理由はストールワース君が忠実で熱心なKKK会員であることを自ら行動で示してきたからだ。そう説明して他のメンバーに意見を求めると、全員がケン・オデルの決定を支持した。

個人的には、私は「ロン」がKKKのリーダーになるのは捜査のうえで好都合だと感じていた。確かに危険ではあるが、その分、見返りを得る可能性も大きい。地域のKKK代表者の一挙手一投足に密着して捜査をするだけでもそれなりに上手くやることができた。そして準指導者的な立場になれば、私たちは利用できる知識や情報をたくさん得ることになるだろう。

こうして大きな信頼を得たチャックは、おとり捜査の問題も、責任ある高い地位につくことの波及効果も、意識していた。そして彼は、その地位は光栄だが、自分がリーダーとしての義務を果たすための時間をとることができるかどうかわからないと言った。しかしケン・オデルはチャックの言葉に耳を貸さず、君なら地元のリーダーとしての義務を果たすための時間をやりくりできると太鼓判を押した。会合ではその後この件についての話は出なかったが、この問題は解決というにはほど遠い状態だった。

会合の間、ケン・オデルは暴力についての自分の考えを何度か述べた。公式には、KKKはマーティン・ルーサー・キング・ジュニアの戦略を先例としている。やはり、非暴力と組織化という発想は、アメリカ文化のさまざまな側面を変えたのだ。しかしケン・オデルが違う道を進んでいるのは明らかだった。対面での会合のとき、私はいつも捜査車両の中でチャックが身に付けている無線通信機から聞こえる会話に耳を傾け、その後に彼と話し合ったりした。結論として私たちは、ケン・オデルはＫＫＫ会員ではない人物に対して行われるあらゆる暴力を支持していると判断した。非暴力の信条を掲げているとしても。

ケン・オデルは「国境の見張り」のため、エルパソへ行くチームを組織しようとしていた。スコープのついたライフルを持って車やトラックで張り込み、リオ・グランデ河を越えて不法入国しようとする者を見かけたら狙撃するのが目的だ。武装したＫＫＫ会員にメキシコとの国境を流れるリオ・グランデを見張らせるというのは、デイヴィッド・デューク流儀の移民対策に沿ったものだった。

会合の後でケン・オデルは自慢げに保管してある武器をチャックに見せた。そこには、ライフルとショットガンが計13丁、そして補充用の銃弾が備えられた前装式ピストルが1丁あった。他にも各部屋にも武器があり、車の中にも武器を入れて持ち運んでいるという。いずれ家宅捜査令状に基づいてケン・オデル宅を調べたり、移動中の彼を逮捕することもあるだろうから、これはとても価値のある情報だった。

ケン・オデルの家を出る直前、チャックは25人ほどの名前が書いてある紙切れを見せられた。それは地元の支部の会員たちの名だった。「みんな君の部下だ」とケン・オデルは言い、各自が3人のKKK会員を入会させればこの組織は格段に大きくなると繰り返した。残念ながらケン・オデルはリストを見せただけだったので、チャックはそこに書かれた名前を覚えることはできなかった。どれほど緩やかな組織だとしても、この悪の秘密結社は私たちが思っていた以上に大きかった。

ケン・オデルはチャックをドアまで送ると握手をして、

「君は素晴らしいリーダーになるよ」

ともう一度強調した。チャックはケン・オデルに礼を言いその場を離れた。外に停めてある車の中で、私は会合が終わったことに安堵のため息をつき、車を運転して警察署に戻った。この街にいるKKKは思った以上に手ごわいことがわかったが、それと同時に、確実に広がるであろう捜査に私はワクワクしていた。

6 ― KKKと民警団

　ケン・オデルの家での会合の後、私は潜入捜査チームの人数を増やすべく、トラップ巡査部長に掛け合った。チャックは、新会員として少なくともひとりはKKKに参加させる必要があったからだ。トラップは、いつものように、私の調査に対して完全に協力的で、すぐに署長のもとへ行き、チームのために捜査官増員の稟議を通すよう手配してくれた。案の定、アーサーはこの一連の動きを快く思ってはいなかったが、彼には発言権がなかった。彼は私の直属の上司ではなく、捜査に口出しできなかったのだ。チャックの潜入捜査のパートナーとして、私はジミーを選んだ。ジミーはすでに監視業務の補佐をしていたので、彼を選ぶのが最も理にかなっていた。ジミーという〝新メンバー〟を得て、さらに深くKKKを捜査する準備ができた。

12月11日、私はカニョンシティのコロラド州刑務所諜報部の調査官ガイ・トーマスを訪ねた。刑務所内でKKK会員を増やそうとしているケン・オデルの計画について話したかったのだ。KKKが機関紙を通じて受刑者の間で会員を募ろうとしていることを警告すると、トーマスはまさに囚人から機関紙『クルセイダー』を没収したと教えてくれた。この囚人は、ワイオミングとの州境近く、北コロラド大学があるグリーリーに隣接するウェルド郡の出身だ。彼はKKK会員であることを自認しており、仲間の囚人をひとり、入会させたらしい。3人目の囚人は、ルイジアナ州メテリーにあるKKK本部から会報を直接受け取っていた。4人目の囚人は、ヴァージニア州アーリントンのネオナチ集団、国家社会主義白人党（NSWPP）の党員から手紙を受けとっていた。トーマス捜査官は、今後も刑務所内で何か動きがあれば私に連絡をくれると約束した。

その日、チャックはケン・オデルから「いいニュースがある」と電話を受けた。2日前、彼は地元のポセ・コミタタス（本来は郡保安官が重罪人逮捕や治安維持のために招集した民警団）のメンバーから「KKKと共闘したい」という相談を受けたというのだ。この民警団は当時、コロラド州で最も影響力のある右翼過激派団体で、これはKKKにとって大きな進展につながるかもしれないとのことだった。

「民警団」を意味する「ポセ・コミタタス」とは、ラテン語で「郡の力」のことだ。緩やかに組織された極右社会運動として、合衆国政府に反対し、「地方主義」を唱えていた。それは、郡政府の上位に位置する政府を認めず、郡保安官が最高の法的権限を持つ、という考えだ。

彼らの信念によれば、もし保安官が市民の意思を施行しない場合は、彼は民警団によって引きずり降ろされ、最も人通りが多い交差点で白昼に首吊りの刑に処されて、日が暮れるまでさらし者になる。「法を遵守しない者」たちへの見せしめとして。

民警団の構成員の中には、サヴァイヴァリズムの実践者もいて、１９９０年代の武装民兵団の結成に向けて動いていた。彼らはＫＫＫと同様、反ユダヤ主義と白人至上主義を掲げており、ユダヤ人の陰謀論者の一部であるＺＯＧ（シオニスト占領政府）が連邦政府を支配していると考えていた。

１９７０年代に民警団が考案して多用し、コロラドスプリングスで警察や他の公的機関を恐れさせていた戦術があった。それは、資産に対する偽の抵当権を申し立てる等の「書類テロリズム」だ。この標的となった被害者は、法律上、自分のものであることを証明するために、長期にわたって裁判所の拘束を受け、金銭やその他の財産を弁護士費用に充てるしかなかった。家を売りに出そうとしたところ、民警団による抵当権の申し立てがあり、売却が実現しなかったという警察官を、私も個人的に何人か知っていた。

制服警官として通常勤務の車両停止業務を行っていると、民警団の構成員に出くわすことがあった。私は警察官であり保安官の代理人ではないので、彼らは私の職権を認めず、車を止める権利はどころか、彼らに話しかける権利まで、あからさまに盾突いてきた。私が黒人だという事実も、おもしろくなかったようだった。なぜならKKK同様、彼らは白人以外をよく思わないからだ。「警察の権威は合衆国憲法で認められていない」という誤った信念に基づいて、彼らは私たちに対し裁判まで起こしたが、敗訴するのはいつも彼らだった。私たち警察の諜報部は民警団を継続的に監視してはいたが、KKKに対して行っているような潜入捜査はできずにいた。

そういうわけで、ケン・オデルが宣言した民警団とKKKの合併は、捜査における重要な変化であり、私だけでなく巡査部長にとっても大きな関心事だった。問題は、この状況をいかに利用し、捜査範囲を拡大するか、だ。当時の民警団は警察にとって大きな悩みの種であり、ケン・オデルが民警団との共闘を希望していることで、また新しい問題を生みそうだった。警察にとっては、2つのグループを分けておく方がメリットがあった。2つのグループが合併すれば彼らの勢力は増すだろう。だが同時に、より多くの情報を得られる可能性もあった。メンバーを特定しやすくなるだろうし、捜査範囲は拡大するだろう。コロラド州では民警団はＫＫＫよりも大きなグループで、率直にいうなら構成員は頭のおかしい連中だった。彼らはストリートでも店でも、おおっぴらに銃を持ち歩いていたのだ。確かに、法に定められた通り、彼らの銃に弾は込められていなかったが、警官からすれば、そんなふうに堂々と持ち歩いている銃に弾が込められていないなんてどうやってわかる？　民警団の奴らはそもそもが怒りっぽくて、危険な男たちだというのに。

民警団の考えに感激したんだ、とケン・オデルはチャックに言った。その前日、ケン・オデルは民警団の構成員数名を自宅に招いていた。そのお礼にと、翌日12月12日に予定されている民警団の集会に招待されたのだった。そこには、ＫＫＫを代表する人物をあと2人連れて来てもよいと言われており、ケン・オデルはすでに、会計係のボブを選んでいた。2人目は、ボディガードの方のボブ、副指揮官のジョー、もしくはロン・ストールワースのいずれかにすることを考えていて、決まり次第、彼らに知らせようと思っているとケン・オデルは言った。

ケン・オデルはフレッド・ウィルケンズに映画『國民の創生』を観せたかったので、フレッドが民警団の会合に出席してくれることを望んでいた。しかし、ウィルケンズは参加できず、上映のアイデアは立ち消えになった。ケン・オデルは翌週12月19日に、ウィルケンズ同席の元で特別集会を開き、映画を上映するのはどうかと提案していた。現代のKKKにとって、『國民の創生』の重要性は、いくら強調しても足りないのだから、と。

ノースカロライナ州の牧師、トマス・ディクソン・ジュニアの小説に基づいて制作されたこの映画は、当時高く評価されていた映画監督のD・W・グリフィスによって、1915年に公開された。その頃は、まだ映画そのものの歴史が浅く、サイレントのスラップスティック喜劇の短編映画がほとんどを占めていた当時にあって、『國民の創生』は2時間45分のパノラマの壮大な叙事詩であり、その時代の映画産業の基盤を築いた。映画評論家の故ロジャー・エバートによると、映画史と社会的に及ぼした影響を考慮し、1960年代までアメリカ映画の最高傑作と見なされていたという。実際、20世紀前半は長らく、『國民の創生』が最も人気を博した映画であり、アメリカ白人の一般的な考え方を表現した作品といわれていた。

エバートが2003年に書いた映画評によれば、主演女優のリリアン・ギッシュはグリフィス監督の恩着せがましい発言を聞いたという。反黒人的だと非難された時、グリフィスは「それは、私が子ども嫌いだと言っているようなものだ。黒人は我々の子どもなのだ。これまでずっと愛し世話してきた自分の子ども。嫌いなわけないだろう？」と返したという。

グリフィスは19世紀的な悪びれないアメリカ南部白人だった。彼の映画には、黒人を「白人と同等の人権を持つアメリカ人」とは認めない白人の態度が反映されていた。『國民の創生』はＫＫＫの視点で歴史を語った作品であり、「南北戦争後の復興期、ＫＫＫはアメリカ南部の救世主だった」という伝説を描いた映画だ。南北戦争でのヒロイズム、「性欲の止まらない強姦魔」もしくは「ご主人様に忠実な奴隷」というステレオタイプの黒人像、復興再建における根拠のない話、戦争責任を南部に負わせようとする北部の下院議員、カーペットバッガー（戦後の南部で、政府の復興政策を利用して懐を肥やしていた北部出身者）、そして権力に狂った黒人の復興議員や黒人兵士等を描いていた。

映画では、南軍の大佐と彼を看護する女性とのラブストーリーが描かれている。クライマックスを迎える中で、大佐の妹は〝セックス狂いの黒人〟によるレイプを避けたために死を選んでしまう。こうした目に余る犯罪がはびこる地から、善良な人々を救い出すために立ち上がったＫＫＫが登場する。ウッドロー・ウィルソン大統領の同級生だったトーマス・ディクソンは、この映画を広めるため、ウィルソン大統領や彼の内閣とその家族のために非公開の上映会を行った。ウィルソン大統領はその上映会でひどく感銘を受け、こう話したと報じられた。「この映画では、歴史が稲妻のような速さで語られる……。ただひとつ残念なのは、この内容がすべて真実だということだ」。映画は１８００万ドル（２０１３年、本書執筆時の換算でおよそ4億９００万ドル）もの興収成績を記録した。そのインパクトは非常に大きく、１９１５年にKKKが復興を果たす土台となったと言われている。

ウィリアム・J・シモンズは、KKKでグランド・ウィザードの称号を得て、KKK復活劇を導いた人物だ。シモンズは、映画『國民の創生』のプロパガンダとしての価値を理解し、その映画をKKKの新規会員募集のための宣伝ツールとして活用した。ケン・オデルやウィルケンズ、さらにはシモンズの末裔ともいうべき現グランド・ウィザードのデイヴィッド・デュークら、現代のKKK指導者たちも、この映画を会員勧誘に利用し、彼ら自身の個人的な物語を加えて聴衆に訴えかけ、KKKが掲げる大義への支持を求めるのだ。

ケン・オデルがチャックに話したところによると、民警団の会員のひとりが、初代グランド・ウィザードのネイサン・ベッドフォード・フォレスト准将のものだったKKKの軍刀とベルトバックルを所有していて、ケン・オデルはそれらを購入したいということだった。彼は、KKKと民警団が共闘するもうひとつの妥当な理由として、民警団は所得税免除のための方策を65ドルでレクチャーしてくれることを付け加えた。ケン・オデルは所得税が違憲であると主張し、そのレクチャーで、あらゆる種類の税金の支払いを拒否する方法を学べると話した。ケン・オデルは2つのグループが合併すれば、KKのメンバー全員に受講を勧めるつもりだ、とケン・オデルは言った。

ここでケン・オデルはチャックに、現時点で新会員候補をひとりも紹介していないのは君だけだと責め始めた。それは嘘だった。新規会員3人も勧誘できたメンバーなんて誰もいなかったのだ。だが、チャックは――いや「ロン」は――もっと新会員を勧誘し、組織の幹部になるべき、というケン・オデルの執着は問題になり始めていた。ケン・オデルのような男を相手に「努力はしてるところなんだがね」なんて何回も言ったら、ケン・オデルを怒らせてしまうし、さらに厄介なことには疑われる可能性もあるからだ。

「友人のひとりに面接にくるよう話してみます」

そうチャックが伝えた後、ケン・オデルはチャックにこういう提案をした。チャックも友人と同時に応募した新会員候補のように振る舞い、その友人と一緒にケン・オデルの入会面接を受けるのだ。

1ヶ月経つか経たないか程度の捜査の中で、12月11日は非常に有意義な情報収集ができた日だった。また捜査範囲について微妙に軌道修正をし始めた日でもあった。というのは、NORAD（北米航空宇宙防衛司令部）の空軍軍曹から個人的に連絡があったからだ。NORADではアメリカとカナダが共同で、北米大陸領空の警戒とコントロール、統治と防衛を担う軍事任務を行っている。「他の部隊との相互支援のもと、宇宙における人工物体の監視、航空機・ミサイル・宇宙飛行体等を用いた北米への攻撃に対する探知・検証・警告を行うこと」も使命だ。NORADはソビエト連邦との冷戦を受けて１９５８年に設立され、州間高速道路25号線の西側、フォートカーソンの反対側にあるシャイアンマウンテン内に技術施設拠点を置いていた。ここは、「高度機密情報」施設とみなされている。

NORADが私に連絡を取ってきたのは、「黒人警官がKKKに潜入捜査をし始めたらしい」という噂が各種の法執行機関の間で流れ始めたからだった。たとえば、私が古い薬物事件に関して証拠弁論していても、弁護士らの休止中に、裁判官がマイクを覆って私の方に身をかがめ、KKKの調査は順調なのかと尋ねたりした。彼がなぜそんなことを聞くのかと尋ねると、彼は、

「皆が話しているよ」

と答えた。また、裁判所から通りを横切ったところにある地元の「警官御用達バー」に行った時には、勤務を終えた裁判官たちが集まっていて、KKKの会員証を見せてくれ、

と言ってくることもあった（私は会員証を財布に入れて持ち歩いていた）。

　また誰かがいやおうなしに私に一杯おごり、頼みもしないのに周り全員に聞こえる声で「ＫＫＫに入会した唯一無二のアタマおかしい黒人に乾杯！」と叫ぶこともあった。そして皆のグラスは私に向けられ、そしてまたほかの奴が「ＫＫＫカードを見せてくれよ」と言ってくるのだった。

　ＫＫＫ潜入捜査の噂は、警察署内ではさらに広まっていた。私たちコロラドスプリングス警察署はデンヴァー警察署に次ぐ規模で、正規警察官は約２５０人いた。民間人を含めると職員は３００人を少し上回るくらいだろう。全員が知り合いで、個人的な秘密もそう隠しきれない田舎町。この警察署はそんな感じだった。

　やがて、さまざまな警官が「自分も潜入捜査に加えてくれないか」と頼んでくるようになった。これらの警官の中には、諜報部への異動の道を模索していて、この捜査で何らかの結果を出すことで自分に注目してもらえると思っている者もいた。私に協力することによって、諜報部に入るのにいい口添えをもらえるのではないかと考える警察官もいた。この特殊な捜査の噂に、自分の名前を加えたいと望む警察官もいた。私自身は噂が出回ることを喜びはしなかったが、自分の仕事には誇りがあり、たまにちょっとした褒め言葉をもらうのは良い気分だった。

NORADの軍曹は自己紹介を済ませると即座に、自分も黒人なのだと言った。彼はインディアナポリス、シカゴ、セントルイス、ヴァージニア州ピーターズバーグなどに住んだことがあり、そのうちの2都市において、1960年代にKKKの活動を目撃したことがあると話した。彼は、コミュニティを破壊し、人々を傷つけるためにKKKが何をしうるかを熟知していたし、コロラドスプリングスで同じ活動を繰り返させないためにも、自分ができることは何でもしたいと言った。空軍に入隊する前までは、彼はブラック・ムスリムとブラックパンサー党両方の「カードを持っている」正会員だったことがあり、彼は今でも両組織のメンバーと連絡を取り合っていた。この接触の約10日前、彼はルイス・ファラカーン（Louis Farrakhan）の同僚というシカゴのブラック・ムスリム会員から電話を受け、コロラドスプリングスの〝雰囲気〟はどうなのかと尋ねられたとのことだった。

軍曹によると、このムスリム会員は、彼らシカゴ支部の少数グループが反KKKデモを率いた場合、コロラドスプリングスの黒人市民が支援してくれるかどうか、また「機械」（武器）が必要かどうかを知りたがっていたそうだ。

そこで軍曹は両方の組織に、コロラドスプリングスはそんな活動ができる〝雰囲気〟じゃない、来ない方がいいと返答したらしい。ブラックパンサー党は彼の助言を受け入れるが、ブラック・ムスリムはデイヴィッド・デュークの到着の頃を狙ってやって来るだろう、ということだった。また軍曹は、たとえブラック・ムスリムがデュークに対してデモを行わなかったとしても、おそらくコロラドスプリングスにモスクを建設しようとするだろうとも言った。どちらの組織がコロラドスプリングスに来ても私に教えて、捜査に協力しようと申し出てくれた。これらの勢力は白人至上主義のヘイトグループに対抗できるかもしれないが、同時に、警察官の私にとって、別の意味で――つまり、暴力やドラッグなどの点で、悩みの種となりそうだった。

私は軍曹に電話の礼を言い、そういった勢力にはコロラドスプリングスに来てもらっては困る、今いる場所にとどまっておいてほしい、その方が市にとってもありがたい、と伝えた。彼らは「外野なのに扇動家」という立場になってしまうだろう。

12月12日、私はコロラドスプリングス警察署の巡査から、フォートカーソンの兵士、マイケル・W・ミラーに関する報告書を受け取った。その警察官たちは、軍人らがよく訪れるザ・バニー・クラブというバーでの騒音苦情に対応したところだった。ミラーは、受け取った釣銭が少なかったことに対してバーの店員と言い合いをした後、オーナーを罵り始めたのだった。彼は財布から「名刺」を取り出すと、

「こんなバー、爆破してやる。前にもやったことがあるんだからな」

と言い放ったのだそうだ。この名刺には、KKK騎士団のロゴ、ルイジアナ州メテリーにある同組織の本部の住所と電話番号、そして「民族浄化はアメリカの安全を守る」というスローガンが印刷されていた。このスローガンは、デュークがルイジアナ州議会に初出馬した際の選挙公約にもなった。また名刺の表面の左側には、ホワイト・ピープルス・オーガニゼーションという法人名が記載されていた。ケン・オデル名義のKKKの銀行口座に登録されているのと同じ名前だ。また名刺には私書箱４７７１とも記載されており、これは、私が10月に問い合わせをした新聞広告にあった私書箱番号と一致していた。

警察官の尋問を受けた当初、ミラーはKKKの名刺を店側に渡したことを否定したが、後に「KKKの名刺を持ち歩くのは犯罪じゃないだろう」と居直った。彼はまた、オレゴン州発行の爆発物購入許可証（番号は＃３８６０）を警官に見せ、自分は米軍で爆発物の訓練を受けているのだと語った。警察官は、彼が明らかに酔っていると判断し、バーから彼を連行し、その身柄を軍当局に引き渡した。

この件の処理のため、私はフォートカーソン軍警察とＣＩＤ（犯罪捜査班）の関係者に連絡を取った。彼らの話によると、偵察業務担当のミラーはアルコール中毒者として知られているという。また、爆発物の取り扱いについて訓練を受けているのは事実だと判明した。ミラーにとって最初の上官である軍曹は黒人で、ミラーが何度か誇らしげにひけらかしてきたため、彼がＫＫＫに関与していることを知っていた。ミラーが自らの名前を刻印した30－36口径銃弾を磨き、軍曹に「いつかプレゼントとして渡しますよ」と、暗に脅迫をしてきたこともあったそうだ。

この明らかな違反行為に対して、軍曹はどう対応したのか尋ねたところ、軍当局は口をつぐんでしまった。軍曹は「ミラーはミラーだからな」と笑っていただけだったという。アルコール中毒も、ＫＫＫへの関与も継続し、そして軍曹への殺害脅迫も続いた。ミラーはミラーであり続け、それは黒人である軍曹の目からは、明らかに〝正常〟ということらしかった。軍の当局者は淡々と、この男に関して――政府と米国民に義務を負うこの兵士に関して――彼は、人種差別主義者であり、ＫＫＫのメンバーであるという事実を認めただけだった。

同じ日、私はルイジアナの本部のデイヴィッド・デュークに電話をかけ、ＫＫＫ会員証の発行状況を確認した。デュークが電話に出たとき、

「私はロン・ストールワース、先日会話を交わしたコロラドスプリングス支部の新会員です」

と自己紹介した。

「ああ、君か。元気だったか？」

とデイヴィッド・デュークはいつも熱意をもって人に接していた。

それは風変りな新人と話すときでも同じだった。私は、

「本部に申込書を送付してから2か月近く経つのに、まだ会員証が届かないんです」

と伝えた。私が会員証を手に入れることに躍起になっていたのは、申込書が正式に受理されて手元に会員証が届くまで、KKK活動に全面参加できないからだ。

「ねえ、デュークさん」

と私は自分の不満を打ち明けた。

「ニガーやユダヤ人がメディアを支配している今、KKKは白人の優位性を取り戻すべく戦っています。私もこの活動にどうしても関わりたいのに、KKKの規約のせいで参加できないんです。会員証の件を助けていただけないでしょうか」

彼は私に少し待つように言った。電話越しに、離れた所で紙をめくる音が聞こえた。

数分後、デュークは私の申込書と会員費を見つけ出した。彼は、最近オフィスで事務上の問題があり、仕事がたまっているため、手続きが遅れていたことを謝った。

「ストールワース君、君の申込書は私が直接処理して、できるだけ早く送付するようにしよう」

とデュークは言った。私は彼に重ねて礼を言い、電話を切った。正直なところ、彼と話している間、私は笑いをこらえるのに必死だった。本音をうっかりこぼさないように、細心の注意も払った。この露骨なレイシストと話していると、自分が馬鹿に思える。まさにナンセンスだ。

私がＫＫＫのメンバーと電話でやり取りしていると、横で聞いているトラップ巡査長は笑い出して、たまらず部屋から走り出ていった。電話越しに笑い声が聞こえる可能性があるからだ。

この秘密でおかしな捜査を、私たちは楽しんでいた。

12月13日、ケン・オデルからチャックへの電話で、民警団にまつわる最新の情報がわかった。もともと予定されていた集会は同日遅くに延期され、フレッド・ウィルケンズが出席すること、そして映画『國民の創生』が上映されることになったという。「ニガーのガキ」とモメた事件のせいで保安官と面会しなければならないとケン・オデルが話したあと、チャックは集会に参加することに同意した。どうやら彼は近所で10代の黒人と口論をしたらしく、確証は取れなかったがフレッドとケン・オデルは報復を企んでいた。

チャックは、

「ＫＫＫに興味がある友人がいる」

とケン・オデルに伝えた。ケン・オデルは全会員に対し、それぞれ3人の新規会員を集めるよう圧力をかけていたが、特にチャックがひとりも候補者を連れてきていないことを強調していた。チャックの話はケン・オデルを元気づけたようで、その友人に会って面接するのを楽しみにしていると言った。2人はその夜7時に、コーナー・ポケット・ラウンジで落ち合うことにした。

午後7時に、チャックとコロラドスプリングス警察署麻薬捜査官のジェームズ（ジミー）・W・ローズは指定どおりの場所でケン・オデルと落ち合った。私はいつもどおり、店の外に車を付けて車内待機した。ケンと一緒にいたのは、ボディガードのボブ、会計担当のティムだった。ケン・オデルがジミーと同じテーブルに座ってKKKの説明をする間、ボブは明らかに、ジミーとケン・オデルの会話からチャックを外そうとして、チャックをビリヤードに誘った。

ビリヤードをしている間、ボブはチャックにこう話した。12月8日にケン・オデルの家で会った兵士たち全員が11月1日以降にKKKの会員になったばかりだ、この支部には約24人の会員がいるが、その大半が軍人だと。また、ケン・オデルがチャックを自らの後継者として支部リーダーに選出したことにも賛成で、全員が支持していると言った。

チャックはボブに幹部の地位に興味がないと話し、再びこの話題を逸らそうとした。

だがすぐ、ティムが会話に加わり、次の幹部の話題になった。ティムもまた、地域で果たしている役割を考えると、チャックが適任と考えているとのことだった。

チャック（私）が、最初の電話から黒人に対してひどい嫌悪感を表しており、その後も何度もアピールしてきたからか、ケン・オデルは私たちのことを非常に良く思っていた。潜入捜査官である以上、私たちは、ケン・オデルに楯突いたことは一度もなかった。彼は（いくら強調しても足りないが）根っからの愚か者だったが、私たちは彼のエゴをおだてあげ、偉大な指導者のように感じさせた。私たちがケン・オデルの仕事を褒め称える限り、疑いの目を向けられることなどないだろう。捜査の成功のために、これは必要なことだった。

ボブとティムがチャックの相手で忙しくしていた間、ジミーはケン・オデルと白人女性キャロル（彼女はＫＫＫへの入会面接で来ていた）と話していた。キャロルは自営のトラック運転手で、ＫＫＫへの入会を希望するのは、11年前にブラックパンサー党員に暴行されたことがきっかけだという。この事件以来、彼女はずっと銃をブーツの中に入れて違法所持しており、ＫＫＫのような組織に加わる機会を待ち望んでいたと話した。

ケン・オデルの勧誘フレーズは、「現時点で最も重要なプロジェクトはコロラドスプリングスの貧しい白人家族を支援することだ」というものだった。援助を必要とする家族から電話を受けたが、コロラドスプリングス市民は金銭的支援を募る新聞広告に何も反応を示さなかった、という。

ケン・オデルは、必要であれば貧しい白人家族たちに自宅を開放し、クリスマスディナーを提供したり、地域のスーパーに缶詰の寄付を依頼するつもりだと話した。彼はその後、現在のKKKを支える思想に関する演説を始めた。彼によると、KKKは暴力との関係を絶った1954年に生まれ変わったのだそうだ。

「新しい」KKKは今や政党であり、すぐに上院、下院、共和党のほか、複数の州の知事選に候補者を送り出すことを望んでいるとのことだった。さらに、デイヴィッド・デュークは次期米国大統領総選挙への出馬を希望していた。「〝新〟KKKは政党だ」というケン・オデルの発言は、デュークが追求する戦略と一致していた。古いKKKのイメージ「無知で太鼓腹、ビールを飲み、くわえタバコの典型的な南部男の集団」を、デュークは変えていきたいのだ。

さらに、KKKは全会員に有権者登録するよう要請したとケン・オデルは続けた。有権者をより多く登録し、政界の構図を変えることで、黒人は何年もかけて政治力を獲得したのだと指摘した。今こそKKKも、イデオロギーを政治的な行動に結びつけ、この国を取り戻す時がきたのだと。ケン・オデルの話はまた暴力の話題に戻った。KKKの敵に対する暴力的な報復に反対はしない。その行為にＫＫＫの名前が関与しない限り、と。

この時点で、ケン・オデルはジミーとキャロルにＫＫＫの入会申込書を渡していた。だがジミーは危うく、これまでの捜査活動すべてを水の泡にするところだった。緊張のあまり、潜入捜査用の偽名である「リック・ケリー」でなく、本名でサインしてしまったのだ。キャロルは彼の隣で申込書に記入していた。ジミーは、

「ちょっと来てくれ」

とチャックに身振りで示すと小声で言った。

「本名でサインしちゃったよ、どうしよう」

「いますぐくしゃくしゃにしろ。もう1枚、新しくもらえばいい」

チャックは歯をぐっとくいしばったまま言った。

言われた通りに、ジミーは申込書をくしゃくしゃに丸めてゴミ箱に入れた。

「すみません、もう1枚申込書をもらえますか？　書き間違えてしまって」

「大した間違いじゃないだろう、見せてくれ」

ケン・オデルは言った。

「ああ、もうごみ箱に捨ててしまったんです、ごめんなさい」

とジミーが言うと、ケン・オデルは即座にごみ箱まで行き紙を取り出した。

「いやいや」

ジミーはできるだけ平静を装いつつ言った。同時に、ケン・オデルが申込書を開いて本名を見ないように必死になりながら。

「新しい申込書をもらえませんか。しわくちゃの申込書なんて送りたくありませんよ」

ケン・オデルは止まってしばらく考え、肩をすくめると

「わかった」

と言った。しかし、くしゃくしゃの申請書はそのままポケットに入れておいた。

ジミーは新しい申込書を記入し、45ドルの会員費をケン・オデルに支払って（これはコロラドスプリングス警察署の予算から正式に支払われた）、この集会へ来る前にオフィスで撮影したポラロイド写真を提出した。

ケン・オデルはその後も話を続け、彼はポケットに拳銃を違法所持し、護身のため常に持ち歩いていると認めた。銃を持つ理由は、ＫＫＫが予想した１９８４年の総選挙前に起こる人種間戦争に備えるため。加えて2丁のショットガン、数丁のライフルとピストルも持っていて、それらすべての銃に関して弾薬を準備している、これから来る人種間戦争に備えて、と付け加えた。ＫＫＫ（と民警団）メンバー全員の銃に対する執着が狂気のレベルであることは明らかだった。

コロラドスプリングス市警の諜報部は民警団のファイルを管理しており、彼らの反政府的、生存主義的イデオロギーについてはよく把握していた。私のみならず班の全員が、民警団リーダーのチャック・ハワースを知っていた。私たちは、彼と話すことが時々あったが、穏やかな会話が交わされることは稀で、彼の反警察姿勢が命のやり取りにつながりそうなことが多かった。

ハワースは銃に魅了されていたので、関わるときは警戒しなければならなかった。以前彼が尋ねたのは、私の357マグナムリボルバーが、彼の好みである45マグナムリボルバーと比べてどうなのか、だった。本題に戻そうとすると、彼はひとりで話し続ける。私がようやく、できる限りていねいに敬意を払って、

「銃についての話題はもう終わりにして、本題に戻りましょう」

とたしなめるまで。彼は家の中でも、よく腰に拳銃を差していた。ハワースが関与を疑われる件について尋問を行ったとき、私と同行した別の警官は、拳銃を置くよう、彼に命じなければならなかった。この命令が憲法違反かって？　私たちが心配していたのは命令が憲法に沿っているかどうかではなく、私たち（と彼）の身の安全の方だった。

それまでに何度もコロラドスプリングスの警察官たちを脅迫していたハワースに対し、私たちは身を危険にさらす気などなかった。

ハワースは私たちの要求どおり、拳銃を置いた。

次に、ケン・オデルは自分がこれからコロラド州を約3年間離れることになると発表し、この支部の後任者にチャックを選んだ、と言った。次にコロラドスプリングスに戻ってきたときには、「大騒動」を起こすつもりだ、とも付け加えた。

ここで、ケン・オデルは民警団と行った会談について話し始めた。皮肉なことに、民警団はあまりにも過激で暴力的だったので、ケン・オデルは彼らを好まないと言った。しかし、それでも民警団のメンバーがKKKのメンバーになりたければ、止められないとも話した。そして、実際、民警団はKKKに利益をもたらす存在でもあり、彼は、2つのグループが合併すれば、会員は合計約50人になると指摘した。

ケン・オデルによると、民警団はこう話したそうだ。KKKの軍人会員たちに、フォートカーソン基地の自動小銃や爆弾を盗んで来てほしい、そのために十分な金額を用意すると。ケン・オデルは、兵士たちをこのような行為に関わらせたくなかった。とはいえ、自分が入隊時に誓いを立てた米軍の施設に侵入して盗みをはたらくという考え自体に対して、とりわけ憤慨している様子ではなかった。また民警団は、榴散弾のような効果を狙った釘入り水素ガス爆弾で、町の〝オカマ〟バーをいくつか爆破したいと企んでおり、その計画に興奮しているようだった。

〝オカマ〟バーとは、当時コロラドスプリングスにあった2軒のゲイバーと浴場だった。1軒目はハイド・エン・シーク・ルーム・タバーン（512ウエスト・コロラドアベニュー）で、2軒目はエグジット21・カクテルラウンジだ。KKKは昔と違って暴力行為を禁じる団体だと承知していたはずだが、これらのバーを爆破したいという民警団の宣言に対して、ケン・オデルは特に警戒すべきだとも、異常事態だとも言わなかった。さらに私がケン・オデルと個人的に電話で話した際、彼はバーの爆破について民警団と同じ意見を表明したのだ。

ケン・オデルによると、民警団の会員らは核攻撃に備え、コロラドスプリングスの西側の山中に2万ドルの防空壕を建設中だった。不測の事態に備えて食糧や武器も保管していた。結論として、民警団がKKKに提供できる唯一プラスなことは、所得税の免れ方に関するレクチャーだけだと、ケン・オデルは感じたようだ。

ケン・オデルにとって民警団は、KKKの勢力拡大という目的を達成する手段に過ぎなかった。民警団とKKKはイデオロギー的な類似点があり、また民警団は政府の課税を逃れるための知識を持っていたからだ。イデオロギー的な類似とは、まず、白人至上主義であること。そしてユダヤ人や黒人に対する考え方、ユダヤ人が連邦政府を支配しているというシオニスト占領政府の陰謀説、政府の課税はアメリカ国民に対する違法行為であり、アメリカ国民は自己の権利内で、いかなる納税も免れる義務／権利があるという信念、そして白人対黒人の人種間戦争が迫っていて、来たる紛争に備えて兵器を用意すべきということだ。民警団とKKKの合併は、悪魔同士が手を組むような結果となっただろう。

この集会は、ジミーが新たなKKK会員〝クランズマン〟になったところで終わった。これが上手く行けば、ジミーはKKK内への2人目の潜入捜査官となり、チームの目や耳となることに加え、チャックとの相互支援を行うことができる。12月20日開催のKKKと民警団との総合集会、映画『國民の創生』が上映される予定の会に、ケン・オデルはジミーとチャックを招待した。

会場の外へ出るところで、ジミーはケン・オデルに煙草を持っているかどうか尋ねた。ケン・オデルはポケットを探ると、煙草1パックと一緒にしわくちゃに丸まったジミーの申請書をひっぱりだした。

「ついでにこのゴミも処分しておきますよ」とジミーは言った。

こうして彼は捜査を台無しにすることからまぬがれ、とりあえずは一件落着した。彼は、安堵のため息をついて夜の道を歩いて行ったのだ。

7　KKKロラド

ジミーが加わったことで、潜入捜査は当初の計画よりも、はるかに大規模なものになったような気がしていた。民警団とKKKは組織合併を試みていたが、私はこれに断固反対だった。デイヴィッド・デュークは1ヶ月以内にこの市で支持集会を開催する予定だった。ブラック・ムスリム、ブラックパンサー党、PLPなど反KKK団体が抗議デモのため集結しようとしており、私たちは監視を続けていた。

12月16日、KKKに反対する「生活向上を考える市民の会（PBP）」が20人ほどの参加者を伴い、コロラドスプリングス中心街で抗議デモを行った。お世辞にも上手く組織されているとはいえないが、善意ある団体だった。実質的には、コロラドスプリングスについて不安を抱いた主婦が、地域のヘイトグループへの対抗声明を発するために組織したものだ。彼らは、バーミホ・ストリートからテホン・ストリートの東側を行進した。この団体に対抗し、通りの西側を行進していたのはケン・オデルと彼の次席のジョー・スチュワートだ。ケン・オデルはKKKの白装束を身にまとって南部連合国旗を掲げており、ジョーはKKKのエンブレム付きのジャケットを着ていた。

ケン・オデルは、新聞やテレビ記者のインタビューに短時間応じ、対立を生み出そうとしているわけではない、と話した。また、KKKの非暴力的な面を強調し、会員の素性を公表しないために、この場には2人のクランズマンしかいない、ということまで説明した。

私はケン・オデルとジョーの近くを歩いた。2人の私的な会話が聞こえるくらいの距離を保ち、デモを個人的に監視する。ケン・オデルがよく電話で話している「ロン・ストールワース」が1m未満の距離に立っている、しかもケン・オデルは真相を何も知らないのだ。そう思うと、心の中で何度か失笑してしまった。しかし私は常に、周囲の人間に注意を払っていた。誰かが私に「ストールワース刑事」とか「ロン・ストールワース」と呼びでもしたら、ケン・オデルを警戒させてしまう。なぜこの黒人警官は、自分が後任リーダーとして選定したクランズマンと同じ名前なのか、と。デモの間、私は何も言わず、できるだけ目立たないようにしていた。だが、「誠実で熱心なクランズマン」である私が、後任に私を推薦した男から1メートルの距離に立っている……このパラドックスを楽しんでもいた。

デモ行進中に急所を突くような興味深い会話があった。私たちは、KKKに対する態度の変化を目の当たりにしたのだ。ある交差点にて、赤信号で止まっていたとき、5歳くらいの息子の手を引く黒人男性が私のそばで止まり、ケン・オデルの隣に立った。その5歳の男の子はケン・オデルを興味深そうに見て指さすと、父親に尋ねた。

「パパ、あの人は何であんな変な格好をしているの?」

私は近くに立っていた他の人たちと共にクスクス笑い出した。すると男の子の父親がケン・オデルを直視し、こう言った。

「ただのくそったれピエロだよ」

その父親と、笑っていた周りの人たちを睨みつけたケン・オデルとジョーは、信号が青に変わると、そのまま2ブロック先まで行進を続けた。

あの父親の反応で、私は新時代の幕開けにいることを確信した。過去何年もの間、黒人が白装束を着たクランズマンを「ピエロ」と呼ぶのは無益で、反抗的で無知で、愚かで向こう見ずな発言だったろう。でも1978年のコロラドスプリングスで、あの父親は大胆に勇気を見せたのだ――白装束を身にまとった、南部連合国旗という象徴に公然と立ち向かい、同時にケン・オデルを直視して、彼の息子と周りにいる人たち全員に「この男は『ピエロ』でしかない」と言い放ったのである。これが数十年前なら、おそらくこの父親は死を免れなかったろう。

前述のとおり、デモはとても組織だったものだとはいえなかった。45分ほど続き、いくつかスピーチがなされて、少数の聴衆がそれを聞こうと歩き回っていた。

デュークの到着を待つ間、捜査を進めるうえで興味深いことがいくつか起きた。ひとつ目は、ケン・オデルが電話をかけてきて、十字架焼却儀式を行うので参加しないか、と私を招待したことだ。日時や場所の詳細はまだ調整中だが、この計画について把握しておいてほしい、そして参加の準備を整えておいてほしい、とも言った。私は、儀式について詳細が決まったら、特に場所についてはぜひ教えてほしい、と返答した。それから、十字架を立てる具体的な場所の候補はあるのか尋ねた。するとケン・オデルは、計画はそこまで進んではいないのだが、コロラドスプリングスの中でも戦略上の条件に合う場所――何マイル先でも、そしてどの方角からでも炎が見えて、この市内におけるKKKの健在ぶりを広く知らしめることのできる場所――を選ぶつもりだ、と断言した。

十字架焼却儀式は「非常に感動的な宗教体験」となるから、君にはぜひ関わってもらいたい、とケン・オデルは言った。

2つ目は、KKKに関する捜査の諜報分野での支援を得るべく、コロラドスプリングスFBIオフィスのRAC（担当駐在捜査官）と接触したことだ。私は一般的な背景情報、特にコロラド州のグループに関する歴史的データを求めていた。警察官として、私はFBIが、組織や個人に関する情報の宝庫であることを知っていた――もっともFBIは、この事実を認めることを好んではいなかったが。私は、コロラドにおけるKKKの過去に関して、FBIが所有する情報を手に入れたかったのだ。

私が連絡をとったRACは、私の捜査活動において貴重な味方となり、良き友となった。彼は連邦政府の捜査官として華やかな経歴を持っており、彼の話が真実ならば、過去にはKKKと関わったこともあるそうだ。彼は口が上手く、話が誇張に満ちていたため、価値ある内容を峻別するのが困難だった。この情報は実質、政府が今でも「極秘」扱いしているんだ、などと言って、話を強調するのだった。J・エドガー・フーヴァー時代のFBIに転職する以前、彼は長らくCIAに勤めていた。彼は「カンパニー」（CIA）やFBIで従事した秘密工作について、ジェイムズ・ボンド風に語り、私たちをよく楽しませてくれた。彼は私たちに大まかな情報だけを与え、私たちの興味をそそるのだった。それから話の要点を言い、大抵の場合は出来事を回想して、私たちをお腹が痛くなるほど笑わせた——彼が言うところの「極秘情報」の中身は明かさずに。

彼が語った話のひとつは、1964年にミシシッピで起きた、3人の公民権運動家が殺された事件だった。3人の行方不明届が出され、捜査のためにFBIがネショバ郡へ派遣された。そこでFBIが発見したのは、保安官のオフィスが地元のKKKと繋がっているという事実だ。地域の白人たちは、KKKを支持すると同時に恐れており、かつ、政府当局への嫌悪を抱いていたため、捜査官たちの接触は拒まれた。それは黒人コミュニティの人たちに対しても同じだった——黒人たちは何世代にもわたって受け継がれたKKKに対する恐怖を抱いており、それが捜査官らの黒人への捜査を妨げた。

首席捜査官は北部の人間で、FBIの捜査規定を遵守するタイプだったので、市民の沈黙という障壁にぶち当たった。彼の補佐は南部の人間で、このあたりの人々の性質について理解していた。彼もかつて、この人たちのようにふるまっていたことがあり、南部の風習もわかっていたので、捜査規定違反となる「独創的な」代替手法を提唱した。FBIは最終的に補佐の手法を採用し、情報提供者を得てこの事件の真相を見事に明かし、犠牲者の遺体発見に至ったのである。FBIはKKKの会員数名を逮捕し、その中には保安官も含まれていた。この事件は、アカデミー賞受賞俳優のジーン・ハックマンが南部のＦＢＩ捜査官を演じた、映画『ミシシッピ・バーニング』で永遠に記憶されることとなった。

例のコロラドスプリングスＲＡＣは、彼自身、ＦＢＩチームの一員としてこの事件に関わり、Ｊ・エドガー・フーヴァーの指揮命令を受けて解決に至った、と話した。合法的な捜査規定から逸脱して初めて、公民権獲得運動家たちを殺した犯人の逮捕が実現したのである。映画や、実際の出来事を交えたシーンで描かれているとおりに。

私はこのＲＡＣに、政府とのコネクションを活かして、コロラドにおけるＫＫＫの過去にまつわる情報を入手する手助けをしてくれないかと頼んだ。彼は冗談めかして、デンヴァーのＦＢＩ地域本部にはＫＫＫの情報なんてないね、と言い放ったので、私は、ＦＢＩはあらゆる人、あらゆる事柄に関するファイルを保管しているでしょうにと反撃した。彼は首を振り、笑って、その場を去った。

ＲＡＣは、週に何度か刑事部に来ていた。彼を見かけると私はいつも、同じ要求を繰り返した――「コロラド州におけるＫＫＫの過去に関するＦＢＩファイルをください」と。毎回彼は首を振り、笑って、その場を去った。しかし私は気づいていた。彼はＦＢＩが情報を持っていることを即座に否定しなくなっていたことに。

このやりとり、このゲームが２週間続いた後。ある日、ＲＡＣが私のオフィスにやって来て、私の手に1枚の紙切れを置いた。そこには、デンヴァー事務所に配属されているFBI捜査官の名前と電話番号が書かれていた。X捜査官があなたからの連絡を待っている、とRACは言った。

私はRACに、X捜査官とは誰か、そしてなぜ私からの連絡を待っているのか尋ねた。

RACは、笑顔でこれだけ言った――

「電話をかければいいんだよ、この野郎」

それから会話も説明もなく、深い謎だけが残った。しかしこれは、このRACの職歴を考慮すると、何もおかしなことではなかった。謎めいた表現を使い、根底にある動機や発言の意味、誇張か事実かを聞き手に思案させるという手法を、彼は頻繁に用いていた。

その翌日、私はX捜査官に電話した。彼は、私の「随分と独特な」捜査活動について耳にした、と言った。私がKKKの会員を相手に働いていたでっち上げの面白さ、そして、こんなおふざけに引っかかるKKKの不注意千万な愚かさを笑った。それから彼は、この捜査の結果として貴重な情報が流れ込んできているのは実に素晴らしいことだ、と私を褒めた。しかし、私が必要とするものを説明する前に、彼は私に、明日デンヴァーの彼のオフィスに来るようにと言い、それ以上の説明はなく、私たちの会話はそこで終わった。

翌日午後、私はついにX捜査官と対面した。彼は私を会議室に連れて行き、茶色い木の会議テーブルのところに座るよう言った。彼はそのまま3分ほど席を外し、戻ってきた時には2本の鉛筆と法律用箋を左手に持っていた。右手には厚さ6インチほどの伸縮式フォルダを抱えていて、中は紙でいっぱいだった。X捜査官はこれらすべてを会議テーブルに置いた。そして、フォルダの中身を見たり、メモを取ったりするのは自由だが、ここにあるいかなる書類も、部屋から持ち出してはいけない、と言った。それから彼は、ごゆっくり、と言って部屋を出た。

フォルダの中身は、コロラドのＫＫＫの歴史に関するデータの宝庫だった。書類の多くは黄ばんでいて、古くは１９２０年代に遡るものだ。事実上、それはコロラドＫＫＫのタイムカプセルだった。この州のＫＫＫがいつどのように組織されたか……１９２１年に最初のグランド・ドラゴンとなった内科医のジョン・ガレン・ロックについて、そしてＫＫＫの活動――白人地域に引っ越してきた黒人郵便配達員の家を爆破したり、ＡＭＥ（アフリカン・メソジスト監督派）教会を全焼させたり、デンヴァーのユダヤ人事業家をボイコットしたり、フリーメーソンなど特定のグループから除外したり、ユダヤ人やカトリック教徒に身体的脅威をほのめかしたり――についての記録が残っていた。

１９２３年までに、コロラドのＫＫＫは約３万から４万５０００人の会員を有する組織となっており、その半分がデンヴァーに居住していたと推定される。州刑務所があるカニョンシティ、コロラド大学を有するボルダー、コロラドスプリングス、そしてコロラドスプリングスから南へ35マイルほどの位置にあるプエブロにも、支部が置かれていた。基盤が安定すると、その次には政治権力を手に入れた。ＫＫＫはコロラド州の共和党を支配し、１９２４年の選挙では、実質的にすべての選挙区で候補者を選定した。１９２５年にはコロラド州の上院と下院の過半数が、共和党から選出されたＫＫＫ会員で占められていた。

黄ばんだページの中から即座に私の目をひいたのは、ＫＫＫから選出された候補者の１人であるベンジャミン・ステイプルトンの名前だった。彼は、１９２３年から１９４７年までの間に二度もデンヴァー市長を務めた。彼は、デンヴァー市民空港プロジェクトの牽引役だった。１９４４年、同空港は彼の功績を称え、ステイプルトン国際空港に名称変更されている。

市長となったステイプルトンを支える重要スタッフ数名も、ＫＫＫの会員だった。彼はＫＫＫに献身的だったが、選挙運動中はこれを伏せており、それを知って憤った有権者らは市長辞任を要求した。再選挙を求める声に対し、彼はＫＫＫの支持集会でこう述べた。

「私は来たる選挙において、KKKと共に、そしてKKKのために、誠心誠意尽力することを誓います。選出された暁には、KKKが望む統治体系を提供します」

多数のKKK会員が投票し、デンヴァー市民に影響を与えた結果、ステイプルトンは再選挙に勝った。この勝利で歓喜に満ちたKKK会員らは、十字架焼却儀式を行った。

1924年11月の総選挙では、KKKの支援を受けた候補者らが勝利を飾った。州知事のクラレンス・J・モーリーはクランズマンだった。下院議員のライス・ミーンズとローレンス・フィップスの2人は、KKKと強いつながりを持っていた。KKKは副知事、州監査役、司法長官の座についた。また別のクランズマン、ウィリアム・J・キャンドリッシュはグランド・ドラゴンの指名により、デンヴァー市警の警察長官に選出され、ステイプルトン市長により正式に任命された。さらに、コロラド大学理事会と州最高裁判所にもクランズマンがいた。デンヴァー市とコロラド州は、実質的にKKKの支配下にあった。コロラド内でのKKKの支配と影響があまりに大きいため、コロラドのCをKに変えた出版物も出始めた。KKKは、1926年に連邦当局が不正経理の捜査を行うまでの約3年間、政治を支配していた。

私は2時間ほど、その場に座って夢中で資料を読んだ。できるだけ多くのメモをとり、情報の広範さや奥深さに驚嘆し、すっかり魅了された。私は文字通り、コロラドの社会を変えてしまった幽霊どもの仕業について読み、その姿を目の当たりにしていた。その政治によって良い変化を生み出し、同時にその社会的傾倒で悪い変化を生み出した組織について。私はあることを考え続けていた――ステイプルトン国際空港を利用すれば、各人なりの方法で、KKKのかつてのリーダーに敬意を示していることになる。一体、あの空港を行き来しているどれだけの人が、そのことをわかっているのだろうか。私もステイプルトン国際空港をよく利用していたが、KKKと空港との間に歴史的つながりがあることなど、その瞬間まで思いもしなかった。

半世紀前のKKKの手法の多くを、今の世代のクランズマンが復活させていた、あるいは復活させようとしていた。デンヴァーという州都全体と州政府を手中に入れた過去が、KKKを政党化し、KKK会員を有権者登録させるというケン・オデルの考えを生み出したのだ。

私がファイルから記録したメモは数ページ分になった。X捜査官が笑顔で「これはさすがに見たことがないだろう?」と言うだけはあった。また、ここで発見したいかなる情報にも、FBIの名を関連づけてはいけない、なぜならこのファイルは、公式には存在しないものだからだとX捜査官は念を押した。私は彼の懸念を承知し、コロラドスプリングス署に戻った。

デンヴァーから戻って1、2日後、米国下院の議会調査官からの小包を受け取った。中には「第89議会（1965－66）下院・非アメリカ的活動に関する委員会によるKKK組織の活動に関する審議」と題された4刊の文書が入っていた。そこには、公民権運動のさなかにおける目撃証言やKKKの公文書など、連邦政府の調査に基づいたKKKの「公的な」歴史の全貌が記録されていた。KKKという組織に対する理解を深め、どういった類の人々がそのイデオロギーに魅了されてきたのかを把握するうえで、有用な情報だ。

これらの文書がどうして私に送られてきたのかはわからない。私は、デンヴァーに拠点を持つユダヤ人グループ、ブナイ・ブリス名誉毀損防止同盟（ADL）の代表に連絡をとった。ADLは、白人至上主義者等の人種的優越性や支配力を信奉する組織で、そして特に反ユダヤ的な連中を監視し、立ち向かうことに尽力している団体だ。ADLのバーバラ・コッパースミスに捜査のことを話し、情報に関連する支援を希望したところ、彼女は面白がり、「ぜひ協力させてほしい」と約束してくれた。そして、ADLデンヴァー支部が所有している情報なら何でも提供できるし、必要であれば、ニューヨーク市にある全米本部からも資料を取り寄せる、と言った。私は、捜査の進展状況について定期的に知らせることに同意した。以来、私はKKKに関するADLの資料を受け取ることになった。それらはすべて歴史的価値を有するもので、ADLのネットワークの幅広さゆえ、機密情報も含まれていた。

この手法は、「独創的」な考え方の一例だった。通常、民間人は警察捜査等の公務からは締め出される。捜査に直接関係があったり、ある特定の詳細を知る必要性がない限りだ。だが今回は、これまでのKKKと米ユダヤ人コミュニティとの敵対関係を考えると、コッパースミスとADLは貴重な味方となりうると判断したのだ。私は起こった出来事について、定期的にコッパースミスに報告を続けた。もっとも詳細を伏せることもあったが。一方、彼女はコロラドだけでなく全米規模でも、KKKに関するADLの資料を提供してくれた。おかげで私は、KKKの新しい動きについていくことができた。

〝新たな動き〟に関して、時にこんなこともあった。コッパースミスが私に「デンヴァーのADLがこんな情報を得たが本当だろうか」「他のADLオフィスから、あの情報に関する調査を頼まれたのだが」と持ちかけ、KKKの「情報源」に確認をとってもらえないかと依頼してくる。そして私はケン・オデルかフレッド・ウィルケンズに電話し、怪しまれないように会話を上手く操りながら、その事柄を確認するのだ。私はデイヴィッド・デュークに電話することもあった。彼は私の質問に答えることで、自らの最大の敵——彼は複数回にわたって、ADLを嫌悪していると私に話していた——に協力していたとは知る由もなかった。バーバラ・コッパースミスは年配の女性で、「まあ、なんて面白いこと！」と叫ぶことがよくあった。そして彼女の言葉のとおり、面白いことも実際あった。KKKのグランド・ウィザードがADLの質問や調査に「協力」しているという事実が、彼女には大いなる喜びだった。彼女はKKK捜査に参加する興奮を心から楽しみ、新たな情報を定期的に受けとるのを心待ちにしていた。

私とデイヴィッド・デュークとの友情（友情以外に言葉があるだろうか？）は強まる一方だった。12月12日の会話以来、私たちは週に1、2回、話をするようになった。私は彼に電話し、彼を褒め称えた。彼のことは常に「デュークさん」と呼び、KKKは調子が上々ですねと言うと、デュークはKKKの計画をすべて説明し、自慢し、私に情報を与えてくれるのだった。

一例を挙げると、デュークは、ロサンゼルス、カンザスシティ、その他の地域での行進計画を話してくれた。会話の中で彼は、集合場所や具体的な目的、自分たちへの抗議運動に対する措置（KKKは非暴力的組織だと主張していたにもかかわらず、措置は常に暴力的なものだった）、警察の反応への対策などの詳細を私に話してくれた。私は会話を終えると、即座にその地域を管轄する警察へ連絡し、デュークから得た情報にもとづく警備を要請した。その後の会話でデュークは、KKKに対して用意周到な警察に驚いていたことが何度かあった。

「まるで、何が起こるか事前に把握していたかのようだったよ」

とデュークは言った。

私は、国中の機関からの要請に応じてデュークに電話をかけた。そういった機関の中には、FBIも含まれていた。FBIはウォーターゲート事件後の改革において、暴力性や陰謀の脅威をはらまない限り、KKKにしろ他の組織にしろ捜査対象とすることが禁じられていたのだ。破壊分子への諜報捜査を担当する連中が、デュークの組織への潜入捜査のことを知った時には、抱腹絶倒だったろう。特に、黒人警察官がKKKへの潜入をやってのけているという詳細を知ったら。

潜入捜査官や情報提供者等を送り込むでもなく、デュークの組織に切り込むことができないでいたニューオーリンズ市警からの要請も2件あった。こういった経験は、デュークへの質問の仕方について、新たな道を切り開くことにつながった。私とデュークとの会話は、時に軽くて個人的な内容で、彼の妻のクロエや子どもたち、近況に関するもののこともあった。彼はいつも、誇り高く愛情あふれる夫かつ父親らしく、心からの熱意をもった口調で話した。彼は喜んで、自らの家族がどれだけ素晴らしいか語った。実際、白人至上主義やKKKの戯言を除けば、彼は素晴らしく話し上手で、「普通の」男のように思えた。しかし、いったん話題がKKKのイデオロギーに近づくと、ジキル博士はハイド氏となり、内在するモンスターが解き放たれるのだった。彼はかつて、妻はKKKにおけるパートナーであり、子どもたちはKKK青年隊の庇護の下、KKKという世界で育てられたのだ、と私に話した。私たちは時に、教育的な内容も話した。人種差別主義者特有のおどけた口調だったが。以前「デュークさん」に――人々は皆、敬意をもってデュークを「さん」付けしていた――、うぬぼれた「ニガー」が白人のふりをして電話をかけてこないか、心配したことはないのかと尋ねた。彼の返事はこうだった。

「いや、話している相手がニガーだったら、私は必ずわかるんだよ」

どうやって識別するのか聞くと、彼はこう答えた。

「君を例にとってみよう。君の話し方と、特定の単語や文字の発音を聞けば、純血アーリア白人男性だとわかる」

もう少し具体例が欲しいと言うと、デュークは言った。

「白人の男というのは、英語を然るべき発音で話すんだ。例えば〝are〟という単語、もしくは〝r〟を考えてごらん。君や私のような純血のアーリア人は、正しく〝are〟と発音する。しかし黒人は、〝are-uh〟と発音するんだ。ニガーには白人ほどの知性が備わっていないから、然るべき方法で英語を話すことができない。知らない人間と電話で話す時には、その人の話し方に注意を払って、ある特定の単語をどうやって発音するか確かめる」

are以外に「特定の単語」とは何なのか、彼が教えてくれることはなかった。

笑わず、気分を害したそぶりも見せず、できる限り媚びた話し方で私はこう返した。「デュークさん、教えてくださったことに感謝します。あなたと話していなければ、私たちとニガーの話し方の違いに気づくことは決してなかったでしょう。今後、電話ではよく注意を払って、会話の相手が奴ら（ニガー）じゃないか確かめますよ」

自らの知識と「知恵」を分け与えた寛大さを褒められ、デュークは謙虚に喜んだようだった。役に立てて嬉しい、これが有益となることを願うよ、と彼は言った。この時以降、私は電話でデュークと話す時はいつも、〝are〟を含む質問を入れ込むようにした。そして私は「ニガー」らしく〝are-uh〟と発音するのだった。これはデュークを馬鹿にし、彼の顔の前で中指を立てるのと同じ行為だ。大学を出て修士号を取得したお前より、大学で20単位しか取れなかったこの高卒の黒人の方が賢いことを示すために。〝are-uh〟と言うことでデュークをもてあそび、彼をコケにして楽しんだのだ。純血アーリア白人のはずのクランズマンが「ニガー」のような英語を話していて、実際に、アフリカの血を引く誇り高き黒人であるという事実に、デュークが気づくことはなかった。

デュークの黒人英語論は、一部だけは真実であり、その点で興味深いものだった。南部の黒人には、デュークが表現したように〝are-uh〟と発音する者も実際にいる。私の亡き義母もそうだった。彼女はアラバマ生まれのアラバマ育ちで、アラバマ州立大学で経営学の修士号を取得し、コロラドスプリングス高校の経営部長として働き、やがて退職した。彼女はＡＭＥ（アフリカン・メソジスト監督派）教会や黒人コミュニティの活動に積極的に関わっていた。そんな彼女は、私と知り合ってから彼女が亡くなるまでの30年間、〝are〟という単語をデイヴィッド・デュークが言ったのと全く同じように発音していた。

ただし、この発音は黒人に限られたものではないから、これに人種を紐付けた時点で議論は間違っている。白人を含む南部出身者の多くが、こう発音している。つまりグランド・ウィザードの言う、純血アーリア白人の〝知性〟とは全く関係なく、むしろ文化や言語における地域的な問題だ。彼の論理は極端に間違っており、事実による裏付けがなかった。

この会話について、もうひとつ特筆すべきことがある。それは、デュークが軽蔑的な「ニガー」という言葉を自由奔放に使っていたことだ。彼は当時、自分自身を売り出す最中であり、メディアには「新生KKKのニューリーダー」として報道されていた。彼は映画で描かれたような、無知で太鼓腹で、たばこを噛んで吐き捨て、ビールを鯨飲する、典型的なクランズマンではなかった。デイヴィッド・デュークはまともな格好をし、公衆の面前に現れる時は常にスーツとネクタイを着用する男だった。彼がKKKの白装束を着るのは、私的な儀式の時だけだった。彼には教養があり、ルイジアナ州立大学で政治学の修士号を取得していて、話し方が上品で、議論に長けていた。彼は「新しい」KKKのリーダーだった。彼のイメージや公的人格は、彼が率いる新しいKKKを反映したものだ。デュークもKKKメンバーも、公の場では「ニガー」などと言わなかったが、身内では自由にこの言葉を使っていた。

デュークと政治について話したこともある。彼は、近い将来、選挙に立候補するつもりだと言った。投票箱を通して政界を変えてこそ、KKKはアメリカの状況をより白人に有益なものへと変えることができる、と説明した。彼は、まずルイジアナ州の公職戦に出馬し、最終的には大統領選に挑戦するつもりだった。

1978年と1979年の、デュークの政治的傾向に注目してみると面白い。当初の彼は保守派の民主党員で、共和党に鞍替えするのは約10年後だ。彼の政治的思考は、彼の世界観と同様、人種を軸に回転していた。彼の世界では、白人は黒人やその他のマイノリティ集団よりも知的で、全体として優れた存在だった。彼は、白人がアメリカの美徳の守護者であり、それを体現するのがKKKだと信じていた。アイゼンハワー大統領時代（1953~1961）のアメリカであれば、彼の考え方はより適していたであろう。この時期のアメリカでは、白人の優位性は当たり前のことであり、KKKは文字通り、南部一帯のコミュニティを支配していた。

それは、ウィスコンシン州出身の上院議員ジョー・マッカーシーによる反共産主義運動を含め、白人主流社会の「文化的エリート主義」の時代だった。このエリート主義の顕著な例が、当時のロックンロールに対する攻撃だ。ロックンロールは黒人文化にルーツを持つ新しい音楽で、白人の若者たちに広く人気があった。KKKはこの新たな流行を非難し、白人の若者への影響を抑制しようとした。

こうした半世紀以上前の考え方、政治的観点、当時の白人主流社会の考え方に反する新たな文化的傾向を表現する言葉――これらが、2010年代の今、現代の保守的運動における言動の中で再生しつつあるように思う。現代のニュースは、KKKを捜査していた頃を思い出させる事件も多い。だが私は、KKKの白装束を着たケン・オデルの横を歩くあの父親と息子の姿を思い描くようにしている。これは、ピエロでしかないのだ。

1975年当時、22歳のストールワースの写真。
コロラドスプリングス市での初めての黒人警官であった。

ストールワースの警察官証明書。
— アフロの髪型に合った警官帽を被っている。

TOWARDS A PROGRESSIVE
AFRICAN
WORLD

AFRICAN STYLE SHOW
MUSIC/DANCING
HORS D'OEUVRES

A-APRP

STOKELY CARMICHAEL
SPEAKS!

Wednesday, April 20, [illegible]—7:00 P.M.
Bell's Nightingale 601 E. Las Vegas

TOWARDS A PROGRESSIVE AFRICAN WORLD!

Donation:
$3.00

Sponsored By:
A-APRP

ブラックパワーの提唱者、ストークリー・カーマイケルの演説会の入場チケット

Gazette Telegraph Photo by
JOEL DRAUT

STOKELY CARMICHAEL ADDRESSES AUDIENCE AT BELL'S NIGHTINGALE NIGHT CLUB WEDNESDAY
Blacks must organize and return to the arms of 'Mother Africa' to attain world freedom, he said

『ガゼット・テレグラフ』紙に載った、ストークリーの演説の記事

Knights of the Ku Klux Klan

MEMBERSHIP APPLICATION

I believe in the ideals of Western, Christian Civilization and Culture, in the White race that created them and in the Constitution of the United States.

I am a White person of non-Jewish descent, 18 years of age or older.

I believe in the aims and objectives of the Knights of the Ku Klux Klan.

I swear that I will keep secret and confidential any information I receive in quest of membership.

I certify that I meet all requirements above under the penalty of perjury if falsified.

INITIATION FEE A one-time initiation fee of $15 is required when applying for membership in the Knights of the Ku Klux Klan. When a man and wife both join at the same time, there is only one $15 fee required for both. Students are not required to pay this $15 initiation fee.

Attached is my Initiation (naturalization) fee ($15. minimum) ________.

KLAN DUES. Klan members are required to pay an annual membership fee of $30. This covers both a man and his wife. Annual dues for students is $15. When your annual fee is paid in full you will receive your passport and an attractive certificate for the current year. You will also receive a detailed Klan handbook outlining Klan history and Klan conduct.

Your annual membership fee also entitles you to receive the official publication of the Knights of the Ku Klux Klan, the *Crusader*, as well as the official internal bulletin, *KKK Action*.

If you join in Jan/Feb/Mar/April, your membership dues are $30 ______

If you join in May/June/July/Aug, your membership dues for the remainder of the year are $20 ______

If you join in Sep/Oct/Nov/Dec, your membership dues for the remainder of the year are $10 ✓

Each month I will try to contribute: ☐ $5 ☒ $10 ☐ $25 ☐ $50 ☐ $100 ☐ $ ______

When you apply for membership in the Knights of the Ku Klux Klan, your initiation fee of $15 must be paid. You cannot be naturalized into the Klan until this has been paid. Those persons applying for membership who are not required to pay this initiation fee must pay their dues with this application.

Name *(Please print clearly)* RON STALLWORTH

Address P.O. BOX 4945

City Colo. SPGS. State COLO. Zip 80930 Phone (303) 633-4498

Birth date 6-18-53 Occupation PUBLIC UTILITIES

Any talents which might be useful to this movement? Explain ________

I certify that the photograph and information presented herein is genuine and accurate. I understand that any misrepresentations on this application for membership will result in this application being declared null and void.

Make all checks payable to:
Patriot Press Box 624 Metairie, LA 70004

Signature of Applicant Ron Stallworth

11-13-78 Date

LOCAL UNIT ADDRESS:
Ken
PO BOX 4771
Colo SPRINGS Colo 80930

“ロン・ストールワース”のKKK入会申込書(写真はチャック)

KKK会員証

2 Springs Marches Peaceful

By PATRICK O'GRADY
GT Staff Writer

People for the Betterment of People, an organization opposed to the formation of a local Ku Klux Klan chapter, conducted a peaceful, announced, northerly march up the east sidewalk of Tejon Street Saturday.

So did the Klan, but in a much smaller, unannounced version.

As Peggy Rizo's fledgling 20-plus member organization walked slowly along the east sidewalk, Josef Stewart and Kenneth O'Dell, members of the Colorado Springs chapter of the KKK, walked along the west sidewalk.

O'Dell, the highest-ranking local Klansman, was bedecked in full robes and carrying a Confederate flag. Stewart wore civilian clothes. Both men are soldiers stationed at Fort Carson, and the only publicly-revealed Klansmen here aside from press secretary Butch Blakeman.

Prior to the anti-Klan march — which attracted some two dozen people, black, white and brown — Ms. Rizo outlined her reasons for the demonstration.

"I just really got tired of it," she said, speaking of local media coverage of the newly-formed Klan den. "This is my home; if they can voice that they want members, then I can voice my opinions, too, that I don't want them here."

"I think the KKK and people like them are a backward step for mankind," Ms. Rizo continued. "We're just trying to institute higher thoughts."

Both PBP and KKK spokespersons have said several times in the past that they are nonviolent and merely wish to make their opinions known, rather than create confrontations. O'Dell and Stewart said they showed up Saturday to prove their nonviolent credo.

"We're just here to show we're nonviolent," O'Dell said, marching with the Stars and Bars held prominently before him.

O'Dell said the reason only two Klansmen appeared was to stress the nonviolent aspect of the organization as well as keep the identities of Klan members secret.

Across the street, anti-Klan marchers told why they turned out in the windy 15-degree weather. "They used to burn crosses on our property," said a tearful Helen Riordan, speaking of her days in a small community in upstate New York where she said the KKK made Irish-Catholics part of their target.

"I think it's sad — people on that level where they are really divided," said Jennifer Parisi. She also said she felt the march was not done in negative fashion, against the KKK, but rather in the spirit of trying to promote more positive relations between people.

Ms. Parisi added that the organization hopes to conduct "some kind of rally or symposium" to coincide with Martin Luther King Day.

Marches Peaceful

From Page 1A

is right for you and you hope that it makes things better."

The local Klan had talked of trying to organize a December march but never applied for a permit. Ms. Rizo's group needed no permit because it was a sidewalk march, single-file, rather than a parade down the street. Local KKK plans now are for its own march after the first of the year, timed to coincide with Grand Wizard David Duke's tour of the Pikes Peak Region.

"Mr. Duke is the brains of our organization," Stewart said, adding that Duke, based at KKK headquarters in New Orleans, already is scheduled for several appearances on local television.

Bullhorn in hand, Peggy Rizo led anti-Klan march
Supporters went single-file on Tejon Street with signs

白装束とフードをまとって反KKK活動に出席しているケン・オデル

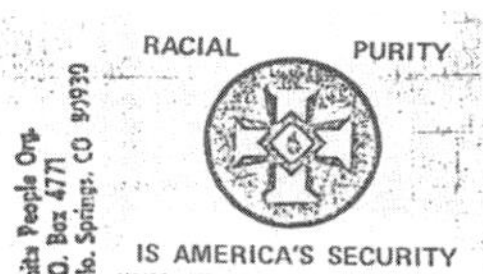

There are thousands of organizations working for the interests of Blacks. But, how many groups stand up for the cultural values and ideals of the White Majority? Not many? As a result we are faced with reverse discrimination in jobs, promotions, and scholarships — busing for forced intergration — high taxes for minority welfare — a high rate of brutal crime — gun-control — anti-White movies and TV programs — in short, a society oriented to the wishes of minorities. We of the Ku Klux Klan are unapologetically committed to the interests, ideas, and cultural values of the White Majority. We are determined to maintain and enrich our cultural and racial heritage.

We are growing fast and strong because we have never compromised the truth. Interested in finding out more? We'll send you a free copy of the CRUSADER newspaper and 10 free copies of this card. Write:

Patriot Press, P.O. Box 624, Metairie, LA 70004
(504) 837-6528

RACIAL PURITY
White People Org.
P. O. Box 4771
Colo. Springs, CO 80930
IS AMERICA'S SECURITY
KNIGHTS OF THE KU KLUX KLAN
Box 624 Metairie, LA 70004 (504) 837-6528

フォートカーソンの兵士がバニー・クラブで「爆破してやる」と脅した時に見せた名刺

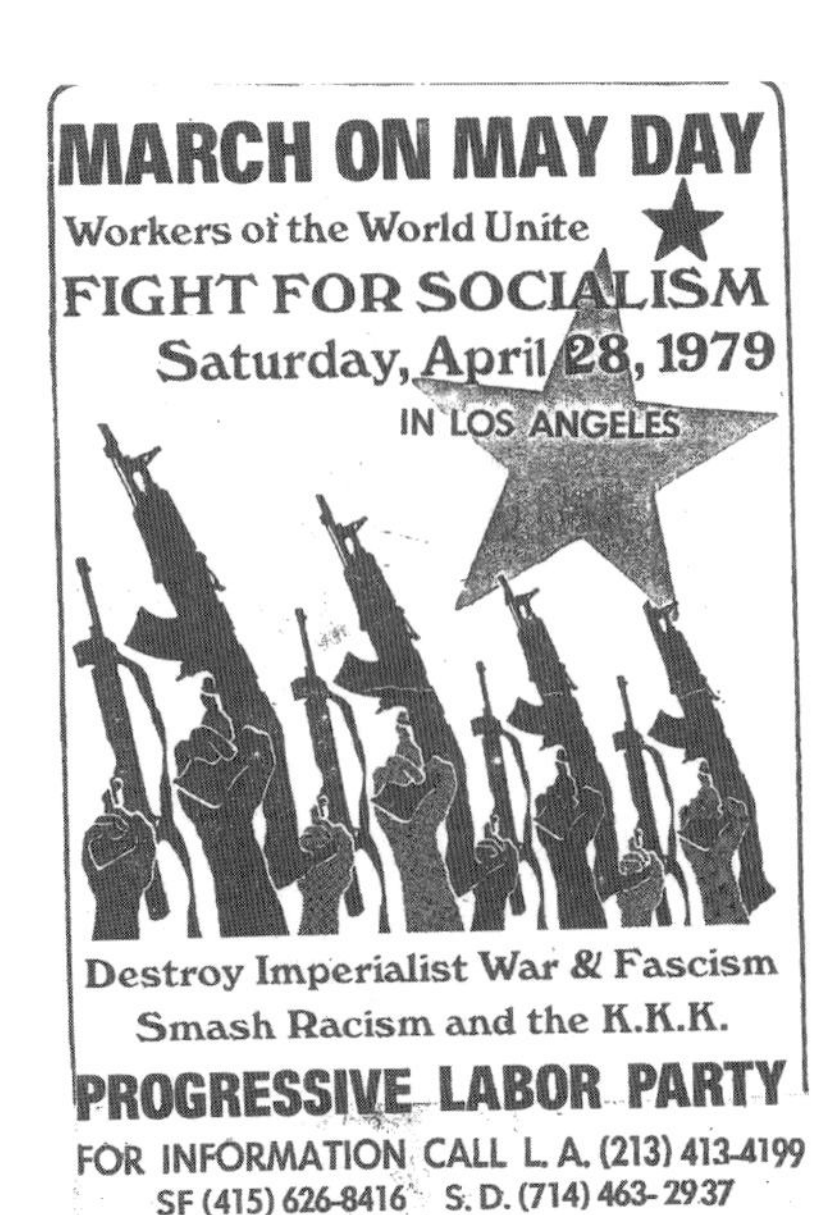

PLP（進歩的労働党）のチラシ

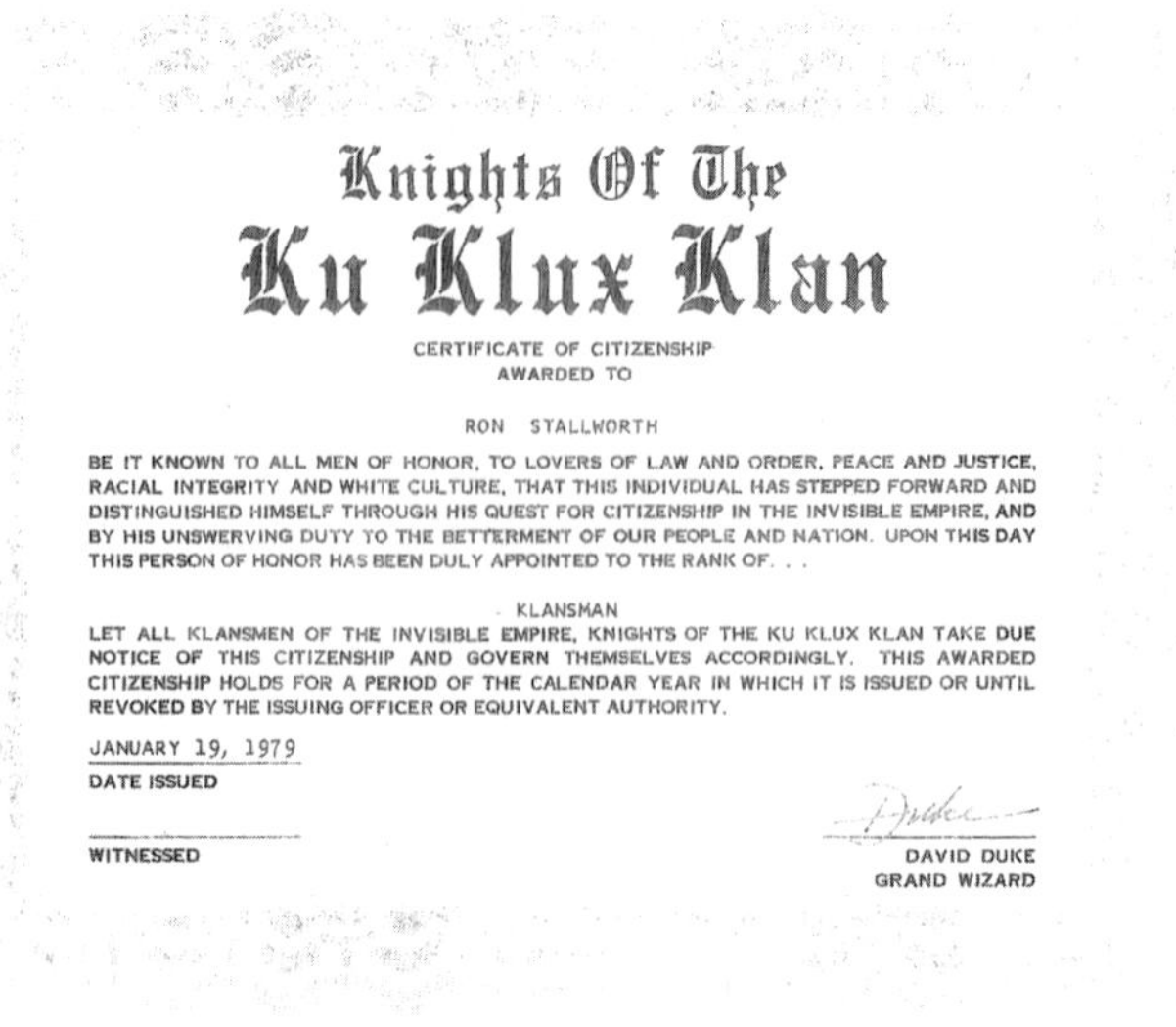

Knights Of The
Ku Klux Klan

CERTIFICATE OF CITIZENSHIP
AWARDED TO

RON STALLWORTH

BE IT KNOWN TO ALL MEN OF HONOR, TO LOVERS OF LAW AND ORDER, PEACE AND JUSTICE, RACIAL INTEGRITY AND WHITE CULTURE, THAT THIS INDIVIDUAL HAS STEPPED FORWARD AND DISTINGUISHED HIMSELF THROUGH HIS QUEST FOR CITIZENSHIP IN THE INVISIBLE EMPIRE, AND BY HIS UNSWERVING DUTY TO THE BETTERMENT OF OUR PEOPLE AND NATION. UPON THIS DAY THIS PERSON OF HONOR HAS BEEN DULY APPOINTED TO THE RANK OF. . .

KLANSMAN

LET ALL KLANSMEN OF THE INVISIBLE EMPIRE, KNIGHTS OF THE KU KLUX KLAN TAKE DUE NOTICE OF THIS CITIZENSHIP AND GOVERN THEMSELVES ACCORDINGLY. THIS AWARDED CITIZENSHIP HOLDS FOR A PERIOD OF THE CALENDAR YEAR IN WHICH IT IS ISSUED OR UNTIL REVOKED BY THE ISSUING OFFICER OR EQUIVALENT AUTHORITY.

JANUARY 19, 1979
DATE ISSUED

WITNESSED

Duke
DAVID DUKE
GRAND WIZARD

ストールワースのKKK会員証明書

– PERSONAL CODE –

KNIGHTS OF THE KU KLUX KLAN

I PLEDGE

1. to untiringly work for the preservation, protection, and advancement of the White race
2. to forever be loyal to the Knights of the Ku Klux Klan — as the only true Klan
3. to obey all orders from officers of the Empire
4. to keep secret all fellow members and Klan rituals
5. to never discuss any Klan affairs with any plain clothes officers on a state, local or national level
6. fulfill social, fraternal, and financial obligations to this order as long as I live

Signature Ron Stallworth

National Director Duke Date

KKK会員の掟

デイヴッィド・デューク（右）とチャック（左）

デイヴィッド・デュークと他メンバーの写真（右端がジム、その横がチャック）

8 ― 加入

12月20日、ケン・オデルからジムに電話があった。映画『國民の創生』上映のため、ジムとチャックがケン・オデルの家に夜7時に行くことの確認だ。またケン・オデルは、儀式で使う十字架を作るための木材を移動するので、それを手伝ってほしいとも言った。十字架のひとつは高さ9メートルになる予定で、近いうちにデンヴァーで燃やすということだった。

コロラドスプリングス支部は、この1週間以内にハンコックとデルタの交差点近くの丘で十字架を燃やす予定だという。ＰＲ戦略上重要な、非常に人通りの多い往来だ。またケン・オデルは、フレッド・ウィルケンズも集会に参加することを明かし、ジムとチャックは「國民化」される、とも言った。國民化とは、ＫＫＫの正会員となることをデイヴィッド・デュークが宣誓することで、これは１月に彼がコロラドスプリングスを訪れる際に行われることとなっていた。

いつどこで十字架を燃やす予定なのか、正確な情報を得た今、私にはいくつか仕事ができた。担当司令官に連絡し、十字架焼却儀式が行われる交差点——今回はハンコックとデルタ——で、継続的なパトロールを行えるよう、人員を追加派遣するよう要請するのだ。このエリアでは２、３台で巡回を行い、十字架を立てようとする者に用心することになる。

ＫＫＫが本当は何を目論んでいたのかは、私たちにはわからない。私たちは罠を仕掛けてＫＫＫ会員たちを現行犯逮捕するのではなく、パトロールすることでその犯罪を未然に防ぐことにしたからだ。

ケン・オデルは続けて、１９２０〜１９３０年代にＫＫＫ会員だったという年配の男性に会った話をした。この男性はＫＫＫの「秘密の握手」の仕方を知っていたため、ケン・オデルは彼の話を信用するに至ったのだった。この男性は再び会員となり、コロラドスプリングス支部の拡大を支援したいと言ったらしい。デイヴィッド・デュークに「國民化」された後、ジムとチャックにもKKK式の握手を教えることになる、とケン・オデルは話した。

電話を終えると、私たちは皆笑い出した。KKKは、十字架の燃やし方をジェイムズ・ボンドから学び、今度は「秘密の握手」と来た。これはまるで、『わんぱくデニス』がヘイトグループを取り仕切っているようなものだ。

午後7時。チャックとジムは、ウエストサイドコロラドスプリングスで開催された、KKKと民警団の合同集会に参加した。この集会の目的は、2つのグループのリーダーが、協力体制を最大化するためのアイディアを交換し合うことだった。

チャックとジムに加え、そこにはKKKの大物、フレッド・ウィルケンズとデイヴィッド・レーンも参加していた。デイヴィッドはデンヴァー支部のリーダーであり弁護士で、デンヴァー都市圏のKKKを代表してきたそうだ。コロラドでのヘイト活動がメディアで取り上げられた際に彼の名前を耳にはしていたが、我々捜査班が彼に会ったのはこれが初めてだ。もう1人KKKの大物としてドナルド・ブラックも。彼はアラバマ州のリーダー兼グランド・ドラゴンであり、デュークとは近い間柄だった。ドナルドは、コロラド支部のリーダーであるウィルケンズを訪問しており、ウィルケンズに同行して集会に参加することに同意した。それがウィルケンズを支援するためなのか、はたまたデュークからの命令でＫＫＫ騎士団本部代表としてコロラドに来たのかは不明だったが。またデンヴァーからはアメリカ・ナチ党の代表者も来ていた。

レイシストやヘイトグループの歴史において、ドナルド・ブラックは興味深い人物だ。全国白色人種向上協会（NAAWP）を設立するため１９８０年にＫＫＫを（いったんは）退会したデュークの後を継いで、ＫＫＫ騎士団のグランド・ウィザードとなったのはブラックだった。だが彼は、デュークが作り上げた「尊敬すべき」ＫＫＫ像を維持することには失敗した。南部貧困法律センターのクランウォッチ（監視）プロジェクトによると、ＫＫＫのトップに立った約1年後、ドミニカ政府の転覆を企てた容疑で、ブラックは他のクランズマンやネオナチ活動家らと共に逮捕された。その何年か後、デューク夫妻が離婚してからブラックはデュークの前妻と結婚した。さらに後年、彼らはインターネット史上最初のヘイトサイトである、Stormfront.orgを立ち上げた。

コロラドスプリングスにおけるＫＫＫとアメリカ・ナチ党のつながりについて、私たちはこの集会で初めて知ることとなった。それから、コロラドスプリングスのＫＫＫ会員のティムとジョーに加え、何人かの新会員候補も参加していた。例の１９２０年代から１９３０年代にかけてクランズマンだったとされる年配男性を含めてだ。民警団を代表していたのは、リーダーのチャック・ハワースとその他数名の会員だった。コロラド団に促し、集会を仕切っていた。

ケン・オデルは、コロラド州刑務所で38人をKKK会員に勧誘したことをウィルケンズに伝え、フォートカーソンでのKKK機関紙配布の首尾について尋ねた。ウィルケンズは、軍基地で『クルセイダー』を配布することの許可を求めたが、担当者からの返事はまだだ、と答えた。

それからドナルド・ブラックが映画『國民の創生』を参加者に紹介し、上映会が始まった。途中休憩に入ると、デンヴァー代表団は退席する旨を告げた。しかし会場を去る前に、デイヴィッド・レーン弁護士が2つのグループを結合させるための「最終弁論」を行った。「白人至上主義を成功させるため、全ての白人団体はひとつに団結せねば」と述べ、出席者全員に対して地域のKKKに加入するよう促したのだ。そして、心のこもった「ジーク・ハイル」の声とともに、右手を開いて腕を上げるナチス式の敬礼で締めくくった。

名誉毀損防止同盟（ADL）の連絡窓口、バーバラ・コッパースミスにこの集会の様子を伝え、デイヴィッド・レーン弁護士が果たしていた役割について話すと、彼女は大きな関心を示した。そして彼女は、この情報をニューヨークにある同盟本部に伝える、と言った。ＫＫＫと民警団の融合の試みを、本部はひどく懸念するだろうということだった。これまでわからなかったことが、この潜入調査で明らかになった、とも話した。デンヴァー組が去った後、コロラドスプリングス住民が映画の後半を鑑賞した。上映後、民警団リーダーのチャック・ハワースが会員に配布するため、ＫＫＫ機関紙を24部注文した。その後まもなく、集会は幕を閉じた。ジムの意見では、ＫＫＫと民警団のリーダーらは互いの価値観を受け入れていた。そして、デンヴァーで再び集会を行うことが計画された。

署に戻り、私たちはこの夜の出来事について話し合った。チャックとジムにとって、2つのグループの相性が良いことは明らかだった。まるでピーナッツバターとジャムのサンドイッチのように。彼らの融合という脅威は、以前よりも格段に現実的で差し迫ったものとなった。

１９７９年1月2日、私のＫＫＫ会員証が、郵便でケン・オデルの家に届いた。ジムがケン・オデルと会って会員証を受け取り、後に私の手に渡ることになる。

以前に言われていたとおり、私の会員証には、コロラド支部の会員であることを示す〝ＣＯ〟という2文字のアルファベットが記されていた。続けて私の加入年である１９７８年を意味する78、そして私がコロラドで８６２番目に登録された会員であるという８

6 2 が印字されていた。ケン・オデル宅訪問の際、ジムは「國民化」のため 1 月 7 日午後 1 時半にチャックと共にケン・オデルの家に来るよう伝えられた。これは、KKK騎士団への正式な入会をデイヴィッド・デュークが許可するものであり、デュークはその前日にデンヴァーに到着する予定だ。ケン・オデルは、コロラドスプリングスからは15人の会員が「國民化」儀式に参加すると話した。デューク来訪の詳細を話し合うため、その夜、フレッド・ウィルケンズがケン・オデルの家にやって来るということだった。さらに、ケン・オデルと地元のテレビ局がフォートカーソンの担当者の許可を得て、基地の白人たちに「白人兵士が受けている偏見」をテーマにインタビューすることになったとも言った。

この話し合いのあと、ジムは私の会員証を持って警察署に戻ってきた。そして私は即座に、その会員証にサインした。会員証の黒い面が私の注意を引いた。そこにはKKK騎士団の「個人規約」に関わる 6 つの誓約が記されていた。

個人規約

1．白色人種の維持、防御、発展のために不屈の努力を行うこと。

2. 唯一かつ真のKKKとして、KKK騎士団に永遠の忠誠を誓うこと。
3. 帝国役員からの命令にはすべて従うこと。
4. 全会員の素性およびKKKの儀式について口外しないこと。
5. KKKに関する事柄について、州、地域、国家レベルのいかなる私服警官にも話さないこと。
6. 生きている限り、この結社への社会的、友愛的、経済的義務を全うすること。

私の関心を引き、そして私、ジム、チャックを大笑いさせたのが5番目の誓約――「KKKに関する事柄について、州、地域、国家レベルのいかなる私服警官にも話さないことを誓います」――だった。これは出来過ぎだ。こんなことを会員証に堂々と記載するなんて。

会員証を受け取った後、私は2箇所に電話をかけた。まずケン・オデルに、それからデイヴィッド・デュークに。ケン・オデルには、会員証を届けてもらったことを感謝した。ケン・オデルは丁寧な返事をしつつ、たとえ会員証がルイジアナの本部で登録されたとはいえ、國民化儀式を終えるまで会員資格は確定されないと言った。

「細かいことだが、大事なんだ。儀式は楽しんでもらえると思うよ」

とケン・オデルは言った。

それからケン・オデルは、儀式のためにデンヴァー地域の会場が押さえてあること、そして儀式の後には映画『國民の創生』が再上映されることを説明した。会場は150人収容可能で、儀式に参加しデュークの来訪を祝福するため、デンヴァー区域の住民に113通の招待状を発送したということだった。儀式と映画に加え、デュークがスピーチを行うのだから、会場は満席となるだろう、とケン・オデルは話した。

十字架への着火は、ケン・オデルがかつてジェームズ・ボンド映画で見た「マッチ箱」方式だった。マッチ箱を十字架の元に置き、火のついたタバコ——残り2分ほど吸えるだけの長さになったタバコ——を、そのマッチ箱に入れるというものだ。火のついたタバコの先がマッチに接すると発火し、やがて十字架に火がつく。この方法で十字架に火をつければ、住民からの通報によって警察が現場に到着する前に、KKKは現場から逃げられるというものだった。私は場所をメモしておき、巡回部隊を派遣できるようにした。

私は、國民化される新会員は白装束を着る必要があるのか尋ねた。着用は義務ではないが、KKKの誇りをアピールすることにつながるので、持っているなら着るべきだ、とケン・オデルは答えた。購入費用の40ドルが警察から支給されなかったため、私たちはＫＫＫ本部から白装束を買ってはいなかった。ケン・オデルは、デュークが1月10日にはコロラドスプリングスに来ることを私に伝え、そこで私たちの会話は終わった。

結局、トラップ巡査部長から白装束費用の40ドル（ジムの分も買うなら80ドル）は確保できなかった。高額すぎることに加え、白装束があればチャックとジムは立派なＫＫＫ会員と認められる、という私の訴えが弱かったようだ。

それから私は、ルイジアナのデュークに電話をかけた。「デュークさんのＫＫＫ」に加入を許可してくれたことについて重ね重ね礼を言い、やっと会員証を手にすることができてどれだけ誇らしいかを伝えた。彼は私の感謝の言葉を心底から受け入れ、引き続きクランズマンとしての活躍を楽しみにしているよ、と言った。それから私は、1月10日に彼がコロラドスプリングスへ来ることを確認した。君のことはケン・オデルもウィルケンズも褒めている、コロラドスプリングスに着いたら会うのが楽しみだ、とデュークは言った。デュークは電話を切る前に、

「我々二人にとって良い日になるだろう」

と言った。

その翌日、私はコンチネンタル航空に連絡を取り、「D・デューク氏」が1月6日にニューオーリンズ空港発、ステイプルトン国際空港着の便で予約を取っていることを確認

した。復路便は1月13日だった。当時、アメリカ最大の航空会社のひとつだったコンチネンタル航空に当たってみたのは、私の勘だ。9・11前の時代、こういった背景情報調査を地域の警察官が行うのは、さして難しいことではなかったのだ。とはいえ、最終的に情報を入手するまでに、いくつか障害を越えなければならなかったが。こうして、私と同僚たちはデュークの到着と出発をより確実に把握し、それに応じて戦略を立てられるようになった。

デイヴィッド・デュークが國民化儀式のためにデンヴァーへ来訪すること、それに伴うメディア展開と、必然的に起こる反KKK抗議活動に備えるため、1月4日にデンヴァー警察署で戦略会議が開催された。トラップ巡査部長、ジム、私がコロラドスプリングス警察署を代表した。

戦略計画会議には、デンヴァー警察署を代表して諜報巡査部長と刑事のひとりが参加した。レイクウッド警察署の刑事ひとりと、コロラド州司法長官付きの組織暴力対応部隊の調査官も出席していた。おかげで、『國民の創生』が上映された12月20日のKKKと民警団の集会に参加していた見知らぬ人物のひとりの正体が、すぐに明らかとなった――レイクウッドの民警団リーダーだった。

デンヴァー警察も諜報部の刑事ひとりをKKKに潜入させ、より積極的に捜査に関わるのはどうか、と私は提案した。そうすれば、デンヴァー警察もコロラドスプリングスと同様に、地域のヘイトグループの活動を監視できる。デンヴァーの巡査部長は私の提案に同意し、デイヴィッド・デュークとの来たる集会において、潜入調査に加わる刑事を1名確保すると言った。

私がデンヴァーの潜入捜査官を提案したのは、隠れた動機があった。デンヴァーから人員が加われば、コロラドのKKKに対して3人分の目と耳を得られることになる。それは、KKKを――諜報的観点で――がんじがらめにし、コロラドのヘイトグループに対してさらに深く切り込んでいくきっかけになるかもしれない、と信じていたからだ。3人目の潜入調査官が加わることは正しい方向への大きな前進で、私の捜査活動にとっての大きな助けとなった。

この会議の結果、参加した全機関を合計して7人の監視員を動員し、國民化儀式中のチャックとジムをバックアップすることとなった。

デンヴァーやレイクウッドの警察署、コロラド州司法長官付きの部署が捜査に参加するというのは、法執行機関が、この状況がもたらしかねない危険性を深刻に考えるようになったことを示している。デイヴィッド・デュークとデンヴァーおよびコロラドのKKK支部、アメリカ・ナチ党や民警団、そして白人至上主義の思想に傾倒しデュークを歓迎する行事に参加すると予測されるバイク・ギャングたちなどの存在。これは、デイヴィッド・デュークを中心に、コロラドのヘイトグループの秘密会議が形成されつつあった。私が知る限り、少なくとも私が勤務していた間、コロラドの警察機関においてこのような事態が起きたのは初めてだ。コロラドの人々を守るために、あらゆる手段が講じられた。州司法長官の部署が人種差別的ヘイト活動の捜査に関わったのも、初めてのことだった（繰り返しになるが、私の知る限り）。この理由の一部は、デンヴァーの警察官らが監督支配していた、組織暴力対応部隊にあった。州内の他部署は、司法長官代理として同部隊に加わった。私はＫＫＫの捜査が完了した後、麻薬捜査官として組織暴力対応部隊に配属された。私の上司だったロバート・Ｃ・キャントウェルは、後にデンヴァー警察署長となった。退職後、彼は州知事によってコロラド州捜査局長に任命され、その後には コロラド州更生施設長となった。

こうして路上でも屋内でも協力を得た今、デューク氏を迎え入れる準備が整ったように思えた。

1月6日までに、デュークがコロラドスプリングスに近々やって来ることについてメディアが察知しており、抗議団体がそれぞれ反応を見せ始めていた。『ガゼット・テレグラフ』紙には、そういった抗議活動のひとつが報じられていた。時は正午、場所はコロラドスプリングス中心街のアカシア・パーク、約20人の集会だ。抗議したのは「生活向上を考える市民の会（ＰＢＰ）」。そして「受刑者の権利を改革する市民の会」という団体も、同じ信念を訴えるために加わった。彼らはテホンとネバダアベニューの角にある公園から数ブロック行進した。その向かい側を、人々から見えるように行進していたのは、デモに対抗するクランズマン２人だ。

このデモには反人種差別委員会（ＣＡＲ）のデンヴァー支部も参加する予定だったが、彼らはコロラドスプリングスを訪れることができなかった。

このデモは他と同様、20人の参加者しか集められなかったという点で、大失敗だった。当時、「ＫＫＫの存在とデュークの来訪によって、住民の憤慨が爆発中」とまで報道された地域において、抗議者20人というのは情けない数字だ。「生活向上を考える市民の会」は、おそらく善かれと思って行動したのだろうが、組織力や雄弁さに長け、ひとつの信念のもと、支持者を集められる真のリーダーに欠けていた。ローカルレベルで形成された他の抗議団体と同じように。この捜査の間、私がこういった状態を目の当たりにしたのは一度ではない。市民のごく一部がＫＫＫのふざけた有様に対して怒りを示すものの、地域全体としての反応は冷めたものだった。

デモ隊の通る道を歩いて騒動に加わったクランズマンが２人いたのだが、その場にいたメディアを含め、全員から全く無視されていた。私が見ていると、2人の内ひとりがリポーターの元へ歩み寄り、ネタを探しているのか、と尋ねた。リポーターが、はい、と答えると、そのクランズマンはリポーターについてくるよう言い、ピックアップトラックのところまで連れて行った。トラックにたどり着くと、そのクランズマンは白装束を身につけ、インタビューが始まり、その後行進が続いた。他のメディアはこれを観察しており、クランズマンの元へ駆け寄ると、マイクやカメラをクランズマンに突き出した。今日のパパラッチの狂気さながら、これは報道合戦だった。メディア自体の行為によって、ニュースになるネタが作り上げられる。メディアがネタを得ようとして熱を上げるあまり、無意識のうちにニュースそのものを作り出してしまうことはよくある。その恩恵にあずかるのは、そのニュースで取り上げられている人や題材だけ。しかも本来持つべきではない力を与えられてしまうのだ。

1月7日、チャックとジムは、KKK騎士団に正式加入するための國民化儀式に参加すべく、レイクウッドのアパート――フレッド・ウィルケンズの住居――へ行った。そこで2人を出迎えるのは、コロラドスプリングス支部の会員のはずだった。しかし、コロラドスプリングスのバイク・ギャング（白人至上主義の傾向を持つオートバイ暴走集団）に別の部屋に案内されたところ、そこにはコロラドスプリングスからの人物を含め、計11人がいた。ここでチャックとジムは正式に、デイヴィッド・デュークと、デンヴァー都市圏のＫＫＫリーダーであるデイヴィッド・レーンに紹介されたのだ。２人は「ホワイト・パワー――ＫＫＫ」と書かれたＴシャツが販売されているのに気づき、それぞれ1着ずつ購入した。集会場所へ移動する前に、皆がデニーズで昼食をとるということだった。デュークと対面した時から最後まで、監視部隊がチャックとジムをバックアップしていた。

デニーズでチャックとジムは、集会が農民共済組合会館で行われることを知った。場所はレイクウッドの北側にあるウィートリッジ市、番地は３１３０ヤングフィールド・ストリート。ジムはグループから抜け出すと、電話で集会の場所をデンヴァー警察の潜入捜査担当刑事に知らせた。刑事は集会場所に来て、ＫＫＫに加入するように、と伝えられた。ジムとチャックはデニーズを出ると、農民共済組合会館へ向かった。

ジムとチャックが到着した時にはすでに、デンヴァー警察の潜入刑事はケン・オデルと共にいた。ケン・オデルはＫＫＫの入会申込書の記入を手助けしており、会員費を受け取っていた。彼の申込みにより、合計12人がクランズマンとして國民化されることとなった（コロラドスプリングスから8人、デンヴァーから4人。その内ひとりはデンヴァー警察の潜入捜査官だった）。つまり12人の新会員のうち、3人は潜入した警察官だ。

儀式は約1時間で、デイヴィッド・デューク、デンヴァー支部のリーダーのデイヴィッド・レーン、ケン・オデル、そしてケン・オデルの次席のジョー・スチュワートが進行した。デュークはグランド・ウィザードという役職がわかるKKKの白装束を着ており、他の人物たちも各自KKKの白装束を身にまとっていた。ロウソクの灯のもとで進む、もったいぶった儀式で、まず初めに忠誠の誓いがたてられた。儀式中、進行役を務めた全員がそれぞれ発言した。KKKに加入するうえでまず求められたのは、次の10の質問に「イエス」と答えることだった。

1. あなたは白人で、非ユダヤ系のアメリカ国民ですか?
2. クランズマンになるという大志の動機は、誠実で利他的なものですか?
3. KKK騎士団への入会申請において、却下されたことはありますか?
4. アメリカ合衆国憲法を信じますか?
5. アメリカにおける白人政府を支持しますか?
6. 自由民が独裁政府に反抗する権利を支持しますか?
7. 人種隔離を支持しますか?
8. 学校や公共施設における祈りなど、いかなる場所においても我々がキリスト教の信仰を実践する権利を支持しますか？

9．ＫＫＫの法や制約に忠実に従いますか？

10．白色人種の維持、防御、発展のために、自らの命を捧げますか？

儀式の最中、新加入者らは跪き、祈るように言われた。そしてデュークが清めのために「聖なる水」をふりまき、「体、心、魂において」と繰り返した。これはカトリック教会における祝福の言葉、「父と子と聖霊の御名において」と類似していた（ＫＫＫがカトリックの礼拝を一部取り入れ、ＫＫＫの最も神聖な儀式で使ったというのは皮肉だ。ＫＫＫは歴史的に、カトリック信仰を軽蔑してきた。これは数あるＫＫＫの図々しい偽善のひとつだ）。祈りはこう続いた。

神よ、我らに真の白人をお与えください！　目に見えぬ帝国が、強い心、大いなる心、真の信仰、差しのべられる手を欲しています。力を得ても堕落しない人物を、利権では得られない人物を、意見と意志を持つ人物を。名誉ある人物を、嘘をつかない人物を、扇動家の前に立ちはだかることができ、不誠実なお世辞を、瞬きもせずに罵る人物を！　背が高く、太陽の冠をかぶり、公の義務や利己的な考えを超えて生きる人物を。

大きな肩書きを持って大したこともしない野次馬が、信念をかたって身勝手な争いに入り混じるのです！　自由は嘆き悲しみ、過ちが地を支配して、正義が眠りにつくのを待つのです。神よ、我らに真の白人をお与えください。

利己的な儲けのために働くような人物でなく勇気を持ち、義務に尻込みしないような真の人物を。頼ることの出来る、本物の価値ある人を。

すると過ちは正され、正義が地を支配するのです。神よ、我らに真の白人をお与えください！


儀式の後、参加した40人はそのまま映画『國民の創生』を鑑賞した。チャックは民警団が金属探知機を持って来ていることに気づいた。彼らは、敷地内への銃の持ち込みを防ごうとしていたのだ。実際、探知機に引っかかって追い返された者がひとりいた。入会儀式の会場に立ち入る前、チャックとジムは銃を車内に置いてきていた。2人はデイヴィッド・デュークと写真を2枚撮影した。デュークはそのうち1枚に、「リック・ケリーへ。ホワイト・パワーは永遠なり」とサインした。

その約2週間後、私はルイジアナ本部のデイヴィッド・デュークから小包を受け取った。中にはデュークにサインされた、私の「國民証明書」が入っていた。これは、私がKKK騎士団の会員であることを確証するものだった。

1月8日、チャックはケン・オデルから電話を受けた。内容は、デイヴィッド・デュークがデンヴァーを訪問する際のセキュリティ確保のため、一緒に来てほしい、ということだった。彼はフレッド・ウィルケンズから、かつてデュークのデンヴァー訪問で、約20人の抗議者が反デュークや反KKKのスローガンを叫んでいた話を聞いていた。KKKも同じ方法で対応し、数で優勢を見せるべきだ、とケン・オデルは考えたのだ。ケン・オデルはすでに、KKKの「バイク乗りの友人たち」（つまりバイク・ギャング）の支援を得ていた。これでチャックも付き添ってくれれば、デュークが非難の的となったとしても「最高な現場」になるだろうと言った。だかチャックは、仕事の都合でデンヴァーには行けそうにないとケン・オデルに伝えた。

1月9日、私はケン・オデルの自宅に電話した。そして、1月10日午後6時に、デュークがコロラドスプリングスのKKTVスタジオに登場する際、反KKKのデモが計画されていると聞いたと伝えた。このデモは秘密ではなく、情報は口コミで広がっていた。デュークのためにKKKがどう対応するのか、何をするのか、私は情報を求めていた。明日は地元の会員にはできるだけ多く参加してもらいたいが、白装束を着た会員100

人を集めるというミッションには失敗してしまった、とケン・オデルは言った。その状態で行進することになれば、デュークとＫＫＫに大恥をかかせてしまうため、会員結集は廃案になった、ということだった。

ケン・オデルは、デモ隊による暴力を防ぎ、デュークを保護するため、警察に要請するつもりだという。それからケン・オデルは、デュークが地元の会員や民警団と、1850Nアカデミー大通りのボナンザ・ステーキハウスで昼食会を予定していると話した。その後、デュークはKRDO-TVに登場し、午後6時にはKKTVで南コロラド大学の「ニガー」教授と討論することとなっていた。ケン・オデルはまた、デンヴァーのチャンネル９ニュースもコロラドスプリングスにやってくるだろう、と言った。繰り返しになるが、メディアはデュークとＫＫＫに魅了されており、連中が喉から手が出るほど欲していた注目と露出の機会を、進んで与えようとしていたのである。

その同じ日、私はアカシア・パークでのデモで会った抗議者のひとりから電話を受けた。彼が関係していた「反人種差別・反性差別同盟」は、「反人種差別同盟」（ＡＲＣ）に名称変更したということだった。デンヴァーに基盤を置く「反人種差別委員会」（ＣＡＲ）とコロラドスプリングスの「生活向上を考える市民の会（ＰＢＰ）」も、１月13日に中心街のジュセッペ・デポ・レストランに集まり、ＫＫＫに対抗するため、８００ｍほど先にあるアカシア・パークまで行進する予定だということだった。私も招かれたので、参加する意思を伝えた。

ケン・オデルが警察の夜勤担当者に電話をかけ、ＫＫＫの地域組織者だと名乗った。彼は、デイヴィッド・デュークが翌日コロラドスプリングス内の３箇所を訪れる予定であり、ＫＫＫの総リーダーという立場が災いして殺害予告を受けていると警部補に話した。そして、デュークがコロラドスプリングスに滞在する正午から午後８時までの身辺警備を要請した。

警部補は、部署内の担当に要請を申し入れる、と答えた。そしてその要請を、諜報部の私に回してきた。なぜなら、諜報部が時おり担当していた業務に「ＶＩＰ／要人保護」も含まれていたからだ。私は、警部補がケン・オデルから得た情報を巡査部長に伝え、自分は翌日に迫ったデューク来訪に向けた計画と戦略に再び集中した。デイヴィッド・デュークの安全と保護など、私が心配する必要はないと思っていた。しかし私は甘かったのだ。

9
——大魔法使い（グランド・ウィザード）の降臨

　1月10日。捜査を開始したときから、皆が予期し続けた重要な日だ。KKKの最高幹部グランド・ウィザードであるデイヴィッド・アーネスト・デュークが、ボナンザ・ステーキハウスで地元のクランズマンたちと会うという。会合は正午の予定だったが、署長は私を朝早くに呼びだした。署長の説明では、コロラドスプリングス滞在中にデュークの命を狙うという脅迫メッセージが複数回にわたり当行政区に寄せられたが、こちらとしては、このタイミングでデュークの身に何か起こってほしくはない。そこで、捜査に関連したここ最近の運命のめぐり合わせもあり、「正式なKKK黒人会員」である私、ロン・ストールワースを、コロラドスプリングス滞在中のデュークの身辺警護にあたらせようと考えたのだ。

すでにコロラドスプリングス署の警官を2人、クランズマンとして潜り込ませていたこともあって、本部長は私ひとりで十分だと考えた。つまり、万が一深刻な事態に発展するようなことがあっても、必要に応じてその2人が潜入を解いて私の援護に回れるだろうということだ。

同時に署長は日勤警官のリーダーに連絡して、デュークが姿を見せることに伴う警戒態勢を取らせ、特定の地域でパトロールにあたる制服警官には、KKK反対派のデモ隊が登場する可能性のある場所やその行動に対し、いつも以上に気をつけるよう指示していた。私は、

「私が任務に就くと、この捜査を危険にさらす可能性があります。我々の捜査の根幹は、〝ロン・ストールワース〟はKKKの白人メンバーと連中が考えていることにあります。〝黒人の警官〟ではないのです」

と懸命に頼み込んだ。

任務中に誰かに遭遇して名前がバレないとも限らないこと、そうなればすべてが混乱に陥ること、チャックとジムに危険が及ぶ可能性もあること、さらには側近に民警団も

いて、武器を携行しているメンバーが全員でないにしろ相当数いるであろうことを指摘した。署長は、私の懸念に理解を示してはくれたが、脅迫メッセージがかなり深刻で警護の特別要請に応じる必要性も感じていた。さらに、このとき任務に就ける人物がほかにいないうえ、この捜査とのつながりを考慮すると状況的にも私が適任だということだった。一方の私は、この決定を喜べなかった。デュークに対して重大な事件が起きるようなことがあったら、私もチャックとジムに助けを求めねばならなくなり、彼らが潜入捜査官であることが露呈する。そのリスクはあまりに大きい。とはいえ、仕方なく署長のオフィスを出て、KKKのリーダーを警護する任務へと向かった。

デュークの警護は私服警官として行うことになっていた。周囲の人たちの目には黒人がKKKと付き合ってるように映るだろう。この妙な命令にも異議を唱えたが、必要とあらばバカどもを撃ってやると弾を5つ銃に込め、その日の仕事にかかった。ボナンザ・ステーキハウスの昼の会合では、クランズマンたちに取り囲まれた。ほとんどの黒人男性にとっては居心地の悪い時間だろうが、私にしてみれば署で過ごす一日と同じようなものだった。デイヴィッド・デュークにフレッド・ウィルケンズ、ケン・オデルにジョー・スチュワート、チャックとジム、それから地元メンバーが何人かいた。チャックとジムは私がレストランに入ってくるまで、私がデュークの警護役になったことを知らなかった。彼らにちらりと目をやって、万事ＯＫだ、警戒するなと知らせ、互いにかすかにうなずくと各自の任務に就いた。

民警団のリーダー、チャック・ハワースと数人のメンバーの姿もあった。何人かは妻同伴で昼食会に来ていた。彼らにすれば、デュークに会い、一緒に食事をしてプライベートなひとときを過ごすことは、愛国心あふれるアメリカ人が合衆国大統領と一緒に過ごすようなものなのだろう。デュークの存在を文字通り畏れ敬い、その栄光（と考えているもの）に浴していた。私がデュークに近づいたとき、彼らはリラックスしていた。ケン・オデルやクランズマン数人は、チャック・ハワースと一緒に周りに集まって、私が何を言うか聞こうとした。

「デュークさん」

と呼びかけながら手を差し出すと、デュークはＫＫＫ方式で手を取って握手した。それは人差し指と中指を手首の内側に沿って伸ばし、腕を上下に揺するときに爪を肉に食い込ませるのだ。のちに、これはＫＫＫの「秘密の握手」と判明するのだが。

「コロラドスプリングス警察署の刑事です」

あえて名前を言わずにやりすごした。もしものときは、潜入捜査用の別名を使うつもりだった。

「それはそれは。警察の方々の尽力に感謝するよ」

と、まだ私の手を握りしめながら言った。

「お伝えしておきますが、私はあなた方の信条や発言、運動、組織のいずれにも賛成していません。ですがプロとして務めを果たし、あなたの安全を守ります。この街から生きて出られるように」

「いいだろう」

デュークは私の手を放した。奇妙なことに、このときの私にはフレッド・ウィルケンズと共通するところが多くあった。消防士の仕事をしていたフレッドは、プロの務めを果たすという誓いの通り、心の中では管轄地域内の住民の多くを憎悪しながらも、全員の益を図り命を守っていた。この日、コロラドスプリングスで私がしたことは、立場は逆だが内容はまったく同じだった。

その日、私はデイヴィッド・デューク殺害を未然に防いだのかもしれない。だが私個人は、この人物もその信条もすべて、この世から消え去るべきものだと感じていた。ケン・オデルとフレッドとデュークとはかなりの期間、しかも何回も電話越しに会話していたので、私の声を聞いて何か思い出すのではないかと最初は少し心配したが、気づく気配はまったくなかった。不安はすぐに消え、自信に取って代わった。デュークたち3

人もほかの信奉者たちも、完璧に騙されているのだ、無能と言ってもいいほどに。コロラドスプリングス警察署に『デュークさん』の身の安全を脅かすメッセージが寄せられたことを伝えた。脅迫の内容が殺害予告であることは、あえて伏せておいた。

ただ署長が事態を非常に深刻にとらえ、デュークの滞在中は警護を付ける必要があると結論し、自分が任命されたことを話した。PLP（進歩的労働党）は絶えずデュークを脅し、KKKとの戦いを声高に主張していた。私はクランズマンと、KKKに必死で対抗するPLPの両方を識別できる、めったにない立場にいた。

私がデュークの警護を担当すると聞いて、フレッドとケン・オデル、ほかに幾人かが微笑んでいることに気づいた。リーダーへの脅迫メッセージを警察署が真剣にとらえ、安全確保のため公に動いてくれたことへの安堵の笑みだったのか、あるいは目の前の不釣り合いな光景――つまり「ニガー」の警官がKKKの最高幹部「グランド・ウィザード」の安全を守る責任を担うこと――ゆえなのかはわからなかった。

何を考えていたにせよ、笑みを浮かべていたのだ。実を言えば、私だって腹の中でほくそえんでいた。感心なことに、デュークは署からの安全配慮をとてもありがたく感じ、警察が責任を持ったことへの感謝を惜しみなく表した。ケン・オデルとフレッド・ウィルケンズもそれに倣って感謝した。この間、ずっとチャック・ハワースは、そばで私のことをただにらみつけていた。

私が彼に関して懸念していた理由は、「本物の」ロン・ストールワースだとバレる危険が主にこの人物にあったからだ。名前を教えたかどうかまでは覚えていないが、前に少なくとも2回ほど接触したことがあったのだ。

どうやら、私に会ったことがあるとすぐに気づいたようだ。結局のところ、当時、署内で黒人の警官が私ひとりだけだったのだから。だが、名前までは覚えていないようだった。もし知っていたら、チャックとジムと私とで仕掛けたＫＫＫの潜入捜査は無駄になっていただろう。

私は『デュークさん』にお願いがあると言った。彼はどんな願いなのか聞くこともせず快く承知した。私はポラロイドカメラを持っていた。

「デュークさん、私があなたの警護をしたと言っても、誰も信じやしないでしょう。一緒に写真に写ってもらえませんか?」

デュークや、ウィルケンズやケン・オデルも私の頼みを聞くとにっこりと笑い、カメラの前でポーズをとることを承諾した。それで今度はウィルケンズに、私とデュークの写真に一緒に入るよう頼んで承諾を得た。嘲笑の仕上げとして、カメラを「白いロン・ストールワース」ことチャックに渡して、写真を撮るよう頼んだ。チャックもジムも、大胆不敵にもクランズマンをバカにする私の行動を見てふき出さないよう、どうにかこらえていた。「グランド・ウィザード」と、コロラド州リーダーの「グランド・ドラゴン」が、警護役を務める軽蔑すべき「ニガー」と写真に写るのだ。しかも写真を撮るのは、私の名前「ロン・ストールワース」を使って、私自身が送り込んだ潜入捜査官ときている。

ウィルケンズを左に、デュークを右にして2人のKKKリーダーの間に立つと、私は手を2人の肩に回した。ウィルケンズは面白がって私を大笑いし、このユーモアと宣伝効果の可能性を見てとった。しかしデュークは私の行動をユーモアとは考えなかった。私の腕を肩から押しのけながら後ろに下がって、

「すまないが、君とこんな風に写ることはできない」

と言った。それでウィルケンズは大笑いをやめたが、微笑みは残っていた。それで私は答えた。

「わかりました。ちょっと失礼します」

カメラを抱えたままのチャックのところへ歩いて行くと、カメラのことで何か話すふりをしながらささやいた。

「私が3つ数えたら写真を撮ってくれ」

ウィルケンズとデュークのところに戻り、2人の間に立つと、今度は両手を腰の位置で組んだ。3人全員でカメラに向かってほほ笑んでカウントをとった。

「1、2、3」

3つめのカウント直前、私は両手を上げてもう一度ウィルケンズの右肩とデュークの左肩に置いた。まさにその瞬間、デュークが反応するより早く、チャックが写真を撮った。こんな行動をとった理由のひとつは、私がこの捜査を始めたということを誰も信じてくれないだろうからだ。KKKの会員証は持っていたし証明書もあったが、なんといっても目に見える証拠になるのは写真だ。それにデイヴィッド・デュークにとっては、本当に嫌がらせとなっただろう。まるで仲のいい黒人がいるように見えるからだ。私はやると心に決めていた（このポラロイド写真はその後、失くしてしまった）。デュークはチャックに向かって、まるでオリンピック短距離走でスタートのピストル音に反応したように駆け出した。

だが学校で実際に短距離をやっていた私は、0・5秒反応が速かった。2人で同じゴールに向かった。デュークはチャックからカメラをひったくり、イメージダウンになりそうな写真を破ろうとしていたし、私はそうさせるつもりがなかった。デュークはチャックの手元にあるカメラに手を伸ばしたが、やはり私の方が0・5秒速かった。すると今度は私に向かってきてカメラを奪おうと手を伸ばした。私は、最大限の冷ややかさと威嚇を込めた目つきでデュークを見た。

「私に触れたら警官に対する襲撃とみなして逮捕します。5年は服役することになりますよ。動くんじゃない！」

デュークはその場で立ちすくんだ。フレッド・ウィルケンズの表情からも笑みが消えた。デイヴィッド・デュークは、考えうる限りの猛烈な怒りと侮蔑のこもったまなざしで私をにらみつけ、私はカメラを手に、悪戯っぽく笑いかけた。この瞬間、KKKの「グランド・ウィザード」は、自身がもっとも忌み嫌う「物」(「者」ではない)、つまりKKKにとっては野蛮で類人猿のようで知能も低い「ニガー」に、いいようにされる敗者なのだと自覚したはずだ。

ただ今回の違いは、この劣等生物は警察バッジをつけ、法的な力を持っており、喜んでその力を使ったということだった。デュークにも信奉者たちにも、私が言葉通りに、その力を行使する気だとわかったようだ。警告を耳にしたデュークはカメラを奪うことをあきらめて引き下がったのだから。彼らを心理的に打ち負かしたことに、私は歓喜していた。ポラロイド写真が出来上がるのを眺めながら、時代を超えて繋がっている「魂の先祖たち」のことを考えた。黒人と白人、プロテスタントにカトリックにユダヤ教徒。

それぞれＫＫＫの残虐行為に対し、長年にわたり勇敢に立ち向かい奮闘してきた人々のことを。

権力も支配力もなかったため、彼らは敗れていた。だが、今の私にはその力があった。公民権をめぐる闘争の『最前線』に参加した人たちのことをしみじみと考えた。マーティン・ルーサー・キング・ジュニア、キングの一番の相談役だったラルフ・デイヴィッド・アバナシー、ＫＫＫのシンパだった警官に頭蓋骨を割られたジョージア州選出の下院議員ジョン・ルイス、黒人を白人から隔離することを正当化したジム・クロウ法の下で不当に拘束、ときに警棒を使って殴打された人たち。アラバマ州バーミングハムでは地元警察署長のブル・コナーが、平和的で非暴力的に公民権を求めて行進する人たちを、消火用高圧水や警察犬で攻撃した。レイプ、深夜の狙撃や爆弾による犠牲者もあった。

子どもの頃はそんな光景が毎晩のようにニュースで流れるのが普通で、見るのにも慣れていた。１９６８年の４月４日、テキサス州エルパソにあるオースティン高校の一年生だったとき、校長が校内放送で「テネシー州メンフィスでキング牧師が暗殺された」と告げたときのことも思いだした。学校全体がシーンと静まりかえり、暗殺の余波で何か予想できない事態に巻き込まれることのないようにと、早めに学校から帰宅させられたのを覚えている（エルパソでは暴動は起きなかったが）。死を思わせる不気味な静寂に包まれたまま、2000人ほどの生徒たちは全員、教室からロッカールームを通って校門を出ていった。聞こえてくるのは女子生徒のすすり泣きや、「信じられない」とか「あ、これからどうなるの」と小さくつぶやく声だけだった。私は友達と一緒に、キング牧師のあの有名な「私には夢がある」のスピーチを録音したオープンリール式テープを持っていた別の友達のところに行った。

友達の家の小さな部屋にみんなで座り、今でも私たちの意識の中で鳴り響いてやまない、その朗々とした声を何回も何回も聞いた。「ついに自由になった！　ついに自由になった！　全能の神に感謝しよう、我々はついに自由になったのだ！」スピーチを聞きはじめて3回目になるころには、私たち黒人の世界を変えてしまうであろうこの事件を思って、私たちみんなは泣いていた。そして、キング牧師の導きがなくなった今、私たちは民族としてどこに向かっていくのかを思案した。

デイヴィッド・デュークと渡り合ったとき、頭をよぎったのはそんな思い出だった。

数十年もの間、悪魔のごとき残虐なリンチの後で木に吊るされた「奇妙な果実」との繋がり、過去にも存在したデイヴィッド・デュークのような連中とKKKによる統治と支配のもとで怯えていた名もなき人々との繋がりを感じた。だが今回は、立場が逆だ。本質的に、デュークはこの状況下で「ニガー」の役割を演じ、私はバッジを付けて法的後ろ盾を持つ「ご主人さま」となった。繰り返すが、デュークとの写真は額縁に入れておいたものの、35年の歳月とアメリカ西部内の四度の引っ越しとで箱の山の中にうずもれてしまった。残念だ。

デュークは最大限の怒りと侮蔑、さらにはそれまで私が経験したことがないほどの憎悪さえこもったまなざしで私をにらみ続けた。これまで何ヶ月、何年間もピンプや娼婦やドラッグディーラーを捕まえては刑務所に入れたが、これほどの怒りを向けられたことはない。受けた屈辱の深さを暴力で表し、それでもうまく逃げおおせられるなら、デュークはきっとそうしただろう。彼は一言も言わずに向きを変えて立ち去り、ウィルケンズ、ケン・オデル、チャック、ジム、そして残りの側近たちもその後を追った。私がそばに座って見守る中、昼食会は開催された。デュークはＫＫＫと民警団の合同集会に向け、白人の優越性に関する典型的なコメントをした。

私はデュークからも聴衆からも見える位置にいたが、何分か前、「劣性の黒人」によって粉々に打ち砕かれたことを完ぺきに無視して、白人優越性や黒人劣等性を主張していたことへの驚きを隠さなかった。ただし、「新生ＫＫＫ」の代表として〝表向き〟の顔を見せていたデュークは、コメント中に一度として侮蔑的な「ニガー」という語を使わなかったことは書き留めておこう。

昼食会が終わって一行はKRDOテレビ局に移動し、デュークはそこでインタビューを受けた。そこから1列になって車両を進め、「サミット」会議をするために民警団のリーダーであるチャック・ハワースの自宅へと向かった。中で会議が行われる間、私は外の車で警備を続けた。

デュークとハワースはそれぞれのグループの活動に関してきわめて率直な談話を交わした。ハワースの方は特に、近ごろの民警団の活動について熱心に話していた。たとえば、コロラドスプリングス市長ラリー・オックスに最近起こった解任要求や、市議会の権限を制限するための憲章修正案の背後には民警団がいたという件だ。もっとも、どちらも投票でこっぴどく負けたのだが。この件に尽力したため、自宅に2回も焼夷弾が投げ込まれたと主張した。

さらには、平時の民警団は市民自警団だと説明を続けた。しかし有事の際は即座に、市民軍に「変身」できるのだ、と。ハワースは自分の下にはコロラド州にある64の郡それぞれに民警団のリーダーがいると言って、州の統括リーダーは自分だと暗に示唆したが、そんな証拠は何もなかった。ハワースは、続けてレイシストやサヴァイヴァリストらしい大ぼらを吹いた。まもなく飢饉が起こり、備えある者たちは備えていなかった者たちから身を守るため武器を取らねばならないという。マイノリティはこの災難への備えをしておらず、結果、白色アーリア人種が最終的な生存者となり、社会全体を意のままにするとのことだ。２年前に初めて新聞で広告を目にしたときから、ずっとＫＫＫと接触したいと思っていたが、ＦＢＩのおとり広告かもしれないと心配して実行できずにいたらしい。

ハワースの自宅にいる間にチャックとジムは、フレッド・ウィルケンズが持っていた書籍、『白人読本：多数派白人の観点から見た現代アメリカの動的人種分析』を秘密裏に押収した。出版したのはＣ・Ｗ・ブリストル社だ。

州内外の警察用データベースをフルに使って名前をチェックしても何にもヒットしなかったが、ニューオーリンズの諜報課の刑事が、Ｃ・Ｗ・ブリストルとはデイヴィッド・デュークが使う偽名だと教えてくれた。確証は得られなかったが。96ページからなるその本はデュークの事務所で販売されていて、ＫＫＫの機関紙『クルセイダー』でも宣伝していた。あとになってわかったが、『白人読本』を書いたのはアメリカ・ナチ党の創設者、ジョージ・リンカーン・ロックウェルだった。これまた、ＫＫＫほか大部分の白人至上主義グループに見られる矛盾のひとつだ。

米国憲法を称賛し国旗に喝采を浴びせて、アメリカが体現する至高の理想に賛同すると主張しながら、その実、アドルフ・ヒトラーのような人物を英雄と位置付けして、ナチス党の国家社会主義運動を褒めたたえる。ヒトラーが創設したナチスは、60年以上前に世界を滅亡の瀬戸際まで追いやったというのに。

第二次世界大戦と朝鮮戦争で勲章を授かった海軍中佐でありながら、アメリカ・ナチ党を創設したジョージ・リンカーン・ロックウェルも、KKKにとっては英雄だ。KKKの敬礼の仕方からして（過去のニュース映像でナチの兵士が行うのを目にするのと同じく、手のひらを下にして右手を上げる方式）、ナチスの影響が色濃く出ている。

『白人読本』は、ロックウェルが書いたアメリカの人種関係のマニフェストだ。なぜ黒人は白人より劣るのか、なぜ黒人は遺伝子的には猿に近いのか。なぜユダヤ人は先天的な心が歪んでおり、黒人を手下として使い、神の摂理を体現する白人を搾取するのか。アメリカを破壊し、白人の栄光を汚しつつあるのは彼ら、黒人とユダヤ人だ、と。

自分の『白人読本』がなくなっていることに気づいたフレッド・ウィルケンズは、取り乱して家の中を探し回り、誰か見た者はいないかと聞いていた。クランズマンであり部下でもあるはずのジムが本をアンダーシャツの中にしまいこんで、ワイシャツと冬物のジャケットをその上に着こんでいたことなどまったく気づかずに。その夕方の活動が終了する頃には、本は私の手元にあった。

午後5時。デュークにはもう1件、インタビューの予定があり、KKKのメンバーたちはKRDOラジオ局に出かけた。デュークの個人警護のため、私も覆面パトカーで同行した。デュークはまだ昼食会で恥をかかされたことで気を悪くしていて、そばにいても何も話さず、私が存在していることすら認めようとしなかった。だが、好むと好まざるとにかかわらず、グランド・ウィザードはもう少しだけニガーと一緒にいなければならず、しかも、このニガーはあのすばらしきオールド・サウスの伝統による統治も支配も不可能だった。私は昼食会でデュークの力量を見抜き、出し抜いた。しかも、彼が何も知らないまま、デュークとＫＫＫを欺き続けていたのだ。

ラジオのインタビューの結びに、白人の優越性と黒人の劣等性、そしてユダヤ人の腐敗について、いつもの大ウソを語ってから、デュークは側近を引き連れてKKTVスタジオにおもむいた。コロラドスプリングスから南へ60㎞ほど離れたプエブロにある南コロラド大学で歴史学を教える黒人教授とのディベートのためだ。テレビスタジオに向かう際中、デュークの命を狙った匿名の爆破予告の脅迫電話がスタジオにかかってきたと、警察の通信指令係から連絡があった。

電話の主はほかにも、その日の晩遅くにウィラメットにあるノースウェスト・コミュニティセンターで集まりを開き、コロラドスプリングスで力を増しているＫＫＫへの対応を協議すると明言したそうだ。スタジオに到着すると、反デューク・反ＫＫＫの抗議者たちがテレビ局のスタジオの入り口前でデモをしていた。デモ参加者たちはデュークやＫＫＫの側近たちに罵声を浴びせ、数人は石を投げつけた。スタジオに入ると、デュークはアメリカ史や公民権、それにＫＫＫについて黒人教授とディベートする準備をした。カメラの背後にいた私は、ディベートを見ていて辛かった。ディベートに臨んだ際のデュークは、それらのトピックを自分たちの流儀で語ることに長けており、正当化のための説明も見事だった。常に〝冷静さ〟と上品な態度を保ち、デュークほど熟達していない相手が感情に訴える攻撃をしようとするとさらに、彼の洗練さに磨きがかかって見えた。

人種差別主義者たちの信条を支える間違った「事実」に対し相手が攻撃的に異議を唱えても、自身の立場に基づいた考えを穏やかに理屈の通った返答として返すデューク。こうして、あたかも相手側が混乱しているように見せかけ、さらには相手自身まで優秀さの点で劣るかのように見せていた。私が目撃したテレビ中継は、黒人教授とのこうしたディベートだった。教授が人種関係や、白人至上主義者たちのテロ行為にまみれたＫＫＫの過去に関して、歴史上の事実を自在に持ち出したにもかかわらず、議論で優位だったのはデュークだった。私の目にも、完全に教授を圧倒していたデュークの勝ちに映った。恐らく、〝学のあるニガー〟を踏みにじる自分自身の姿を見ることで、その日、私から受けた屈辱をはらす手段としたのだろう。

教授がひどく動揺する姿を目にするのはとても悲しく、デュークの説得力ある二枚舌が、甘美で毒のある嘘を吐き出すことに怒りが湧いた。撮影が終了し、スタジオを出た。ディベートの終了をもって、デュークのコロラドスプリングスでの一件が終わった。滞在中の安全確保への感謝として、フレッド・ウィルケンズは私の手を取って礼を述べたが、デュークは頑として私の存在を認めなかった。ウィルケンズは、これからデュークとデンヴァーに向かうと言った。州連絡高速道路25号線の最寄りのインターまで車の後をついていき、2人が無事にこの町を出たことを確認した。「グランド・ウィザード」を警護するという公務はこれで終了した。

10　ロッキー山脈の要塞

デュークの訪問は、何といえばいいのか、とりあえずは成功だった。デイヴィッド・デュークは生き延び、暴動も起こらなかった。KKKの公開決起集会は台無しになったが、それもケン・オデルの愚かさが原因なら仕方ないだろう。しかしまた、大した情報も得られなかったのも事実だ。それでも私は、今回の仕事に満足していた。コロラドスプリングスは無事に守られた。十字架が燃やされることもなかったし、デイヴィッド・デュークの警護も全うできた。私は自分のチームがしたことを誇りに思う。

だが正直なところ、KKTVの外でデモをしていた群衆に道を空け、デュークやウィルケンズやKKK連中を好き放題にさせてしまおうかと思ったことも何度かあった。あの場所にKKKと一緒にいたのは、現実とは思えなかったし、恐ろしいことなのに爽快だった。デイヴィッド・デュークと過ごした日のことを振り返ると、とても滑稽な気がする。KKK側は3人の警官をKKK会員に任命し、自分たちへの潜入捜査を指揮している警官がデュークの隣に立って警護している。そして私は過去に何度もその人物と話していたのだから。

それでも、KKKの危険性を忘れることはなかった。全盛期の力を持っていたら、深刻な被害や恐怖を引き起こしていただろう。KKKはみんな武器を持っているので、デューク訪問の日も容易に悲劇に変わりえたろう。こうしてデイヴィッド・デュークの訪問は乗り切ったが、私たちの仕事はまだまだ終わったわけではなかった。

1月13日にアカシアパークで反KKK決起集会が行われた。私は1月9日と1月11日に開催された同じ抗議行動にも招かれていた。ケン・オデルと電話で話したところ、彼は13日の集会に「覆面」、つまりKKKの白装束着用で参加し、特にデンヴァー出身の抗議演説をしている者の写真を撮るつもりだということがわかった。

私も「覆面」捜査官として、平服で集会に参加して状況を監視していた。

ケン・オデルは正午過ぎに公園に到着し、6枚ほどの写真を撮ってから自分のピックアップトラックに戻ろうとした。この時、捜査を進めようとする私を狼狽させる新たな邪魔が入った。

私たち諜報部門の人間は、捜査の内容をできる限り秘密にしておく。多くの人間が捜査を知るようになると、私たちが特殊な潜入捜査を行っているとの噂が広がる危険も大きくなるからだ。だが実際のところ、コロラドスプリングスの刑事司法関係者全員が、「いかれた黒人警官」がＫＫＫに潜入捜査を行い、会員資格まで取得したことが知れ渡っていた。

同僚のひとりでこの捜査のことを知っているのが警官のエドだった。警察の指揮系統では風紀犯罪取締部と諜報部は同じ巡査部長の指揮下にあり、私もエドもトラップ巡査部長に報告しなければならない。しかし、そこから先は違う。彼の仕事は街で起こる組織的犯罪や事件に限られていた。アカシアパークでの決起集会の日に、エドは私と共に監視役として現場行きを命じられた。私の補佐をするというシンプルな仕事のはずが、彼はそれ以上のことをして私を心配させた。結果、私は後にトラップ巡査部長に判断を仰がざるをえなくなったのだ。

公園でケン・オデルを見かけたエドは、勝手な行動をとった。彼のもとへ行き自己紹介をして、新聞に掲載されたケン・オデルの活動を読み、ケン・オデルやＫＫＫは正しいことをしていると思うと言った。さらに、抗議活動をしている連中は大ウソつきだし、ケン・オデルともっと話がしたいとつけくわえた。それからＫＫＫに入会したいのでＫＫＫのパンフレットがほしいと頼んだ。

ケン・オデルはエドの申し出を受け入れ、抗議活動者たちを批判してくれたのはうれしい、多くの人が同じ考え方をしてくれるよう望んでいると述べた。

この時までに、ティムに付き添われたケン・オデルは抗議活動者らがケン・オデルの存在に気づいたことを察知し、２人そろってトラックに急ぎ、その場を離れる用意をした。しかしその前にケン・オデルはエドにＫＫＫの名刺を渡し、住所とパンフレットの要望を書いて送れば、返信でパンフレットを送ると言った。

エドがしたことは、３か月前に私が捜査を進めるためにとった行動と同じだった。私が捜査を進めていることについては彼も知っていたのに。違いがあるとすれば、エドは白人の警官でケン・オデルと電話ではなく面と向かって話ができることくらいだ。彼がケン・オデルに頼んだパンフレットについては、私は必要なパンフレットをすべて持っていたし、ＫＫＫの機関紙『クルセイダー』も購読していた。つまりエドは、彼の存在が全く必要ない捜査で、余計なことをしてくれただけだった。すでにチャックとジムという２人の潜入捜査官がいる。対面での捜査は彼らがやってくれるのだから、３人目の警官は必要はない。エドの行動は2ヶ月ほど立ち遅れていた。

何人かの抗議行動者がトラックを取り囲むように近づいてくるので、ケン・オデルはエドから離れようとした。ケン・オデルが離れるとティムはジャケットのボタンをはずしてKKKのTシャツを見せ、目を出す穴をあけたスキー帽を頭からかぶると、近づいてくる抗議活動者たちに向けて右のこぶしを振り上げながらトラックでスピードを上げて通りを走り去っていった。交差点でトラックが止まると、隣にKKTVニュースの車が並んで停車していた。そこでケン・オデルは中にいる人物に向かって叫んだ。

「私にインタビューしたいか？」

ジャーナリストたちは、またしてもKKKの活動に協力する共犯であるかのように行動した。ケン・オデルのトラックを追いかけ数ブロック先まで進むと、2台の車はそこで停まり、車に乗っていた人物がお互いに接触を持った。ケン・オデルは5分間のインタビューを受けてその場を去った。彼のインタビューはその日の夜10時のニュースで放送された。

私は、エドの軽率な行動をトラップ巡査部長に報告した。巡査長はエドに自分の職務範囲を守り、私の捜査には指示がない限り立ち入らないようにと注意した。自分は事件の捜査に全力を傾けていたとエドが主張したのは、私にとって繰り返される悪夢のようだった。
アカシアパークでの決起集会には約１００人が集まった。これはちょうど、ＫＫＫ自身が集めるのに失敗した人数だ。ダグラス・ヴォーンは聴衆に向けてスピーチを行い、自分は進歩的労働党（ＰＬＰ）の党員だと宣言した。そして、聴衆が彼から手渡されたさまざまな種類のINCARのビラには、反ＫＫＫのスローガンが書かれた小さなプラカードがついていた。ヴォーンは片手にメガホンを、もう片方の手には道を切り開くために野球のバットを持ち、デモ参加者らを率いていろいろなかけ声を唱えた。

ＫＫＫ　祖国のクズ
そして
デューク　デューク　デュークはへど野郎

ヴォーンは私に聴衆の前でスピーチするように何度か頼んできたが、知らない人たちの前で話すのが恥ずかしいふりをして毎回スピーチを断った。その抗議集会には、次のようなコロラドスプリングスやデンヴァーを拠点とする地元の多種多様な活動家集団が一堂に会していた。

LAMECHA（コロラド大学、コロラドスプリングス）
黒人学生ユニオン（コロラド大学、コロラドスプリングス）
LaRaza（コロラドスプリングス）
ARC（反人種差別連合、コロラドスプリングス）
生活向上を考える市民の会（コロラドスプリングス）
ゲイ連合（デンヴァー）
PLP/INCAR（デンヴァー）
コロラド労働者統一協議会（デンヴァー）

INCAR（反人種差別国際委員会）のマリアンヌ・ギルバートは私に夫のアランを紹介してくれた。彼女はその日の夕方にコロラドスプリングスの本拠地で行われる会合に私を招待した。そこでは、INCARのコロラドスプリングス支部の編成について話し合われるようだった。また、フォートカーソン基地の黒人兵士と彼の妻も紹介された。その妻は、フォートカーソン基地の面々にINCAR入会を促しているという。私は夕方の会合への参加を断った。この不測の事態を監視する支援体制を整える時間がなかったからだ。

決起集会に集まった人々は平和的だった。しかし例外はヴォーンとINCARの人たちだ。ＫＫＫ相手にも、そして必要ならば警察官相手でも、暴力を用いることをあからさまに提唱していた。コロラド大学黒人学生ユニオンの代表は聴衆に向けて次のようなスピーチをした。

「もし警察がＫＫＫを止めないならば、残された頼みの綱は、民衆の力を使ってＫＫＫが主張する憎悪のメッセージが広まるのを防ぐことです」

代表者たちのスピーチが終わると、聴衆は３、４ブロック行進して司法施設の建物に向かい、そこで抗議集会は解散した。

公園から帰る前に、マリアンヌ、アラン、ヴォーンの３人から、その日の夜に行われるディナー・ミーティングに誘われた。食べながら、INCARコロラドスプリングス支部の編成について議論するという。私は再び辞退したが、後日誘われる可能性は残しておいた。

彼らの仲間に加わることに慎重になっていたのは、３人と親しくなる前に、ひとりひとりの背景をもっと知らなければならなかったからだ。ヴォーンのように不安定な性格の人物についてはなおさら情報が必要だ。ヴォーンは、武装したうえで暴力によって警官に立ち向かうことを提唱しているのだから。反人種差別連合（ＡＲＣ）の代表も、彼の家で行われるクラン対抗策を練る会合に誘ってくれたが、今回は断っておいた。

1月14日。そろそろデイヴィッド・デュークに4日前のコロラドスプリングス訪問の感想を聞いてもいい頃だろう。彼の反応を知りたかった私は、ルイジアナにあるKKKの総本部に電話をかけた。

「あなたとお会いできて、とても勇気づけられました。もっと勉強して、より良いKKK会員になりたいです」

と私は言った。そして、直接お目にかかれて光栄でしたと付け加えると、デュークからも同じ言葉が返ってきた。私はさらに、2人きりで会う時間がなくてとても残念でした、KKK会員として彼の知識と知恵をもっと吸収したかったので、と伝えた。

するとデュークは、コロラド訪問の日程がとてもあわただしく、個人的に地元の会員と親しくなる機会がなくて残念だったが、しかし民警団リーダーのチャック・ハワースとの話し合いで多くを成し遂げることができたと述べた。詳細は何も明らかにしなかったが。

「デュークさん、訪問中に驚いたことはありましたか？」

私はデュークが知っているロン・ストールワース像に何か疑いを持たれていないか確かめたかった。

しかし彼の返事を聞いて、おかしくて思わず涙が出そうになった。デュークは、『自分を攻撃したら逮捕するぞ』と言ったニガー警官」との出会いについて語り始めたのだ。私は、警護のために派遣された黒人警官に、彼が何か疑いを抱いていないか知りたくなった。

デュークはロン・ストールワース（つまりチャック）がその場にいなかったかのように、その事件を説明した。あの一件を彼はまだ気にしていたようで、マイノリティに権力を与えることの問題は、奴らがその力で白人を食い物にすることだ、と述べた。私は彼にこう言った。

「状況が違えば、そのニガー警官もあなたに対する態度について、重大な教訓を得ることになったでしょうに」

デュークは、私の分析に合意すると、今回のコロラドの旅で唯一のマイナス点はその「ニガー」とのことだと言った。そして、そのニガー警官に比べたら、ＫＫＫへの抗議活動者たちは大した問題ではない。どこに行ってもＫＫＫの集会には抗議活動がある、慣れているし予測もしていると付け加えた。

それから私たちは、デュークが参加するこれからのＫＫＫ行事について話した。デュークによれば、数週間後にロサンゼルスとカンザスシティでＫＫＫの決起集会が開催される予定だ。反対派グループによる大規模な抗議活動が予想されるが、我々は相手から暴力を受けない限り非暴力の姿勢でいく。そして、警官たちに対しても同じだと強調した。その後まもなく私たちは会話を終えた。それから私はすぐに、ロサンゼルスとカンザスシティの警察に連絡して、デュークが参加する決起集会の計画があることを伝えた。

同じ1月14日の昼近く、私のオフィスにピーターソン空軍基地特別捜査部（ＯＳＩ）から2人の捜査官がやってきた。そして、私の「興味深い」捜査に軍の人間が関係しているのを聞きつけ、それが空軍の誰なのかを知りたいと言った。

私は2人に、どうして捜査のことがわかったのか尋ねた。潜入捜査のことは、まだ必要最小限の人間にしかおおっぴらに話してないはずだ。捜査についてはフォートカーソンの軍警察や独立犯罪捜査部（ＣＩＤ）にすら話していなかった。

麻薬捜査部で働いていた１９７５年から１９７７年の間に、ある軍警察が信頼できないとのうわさがあった。そこには、麻薬密売、強盗、武装窃盗、性的暴行など汚職をしている警官がいて、私たちの同僚である警官や刑事は、この軍警察の警官が麻薬や強盗などの犯罪の証拠をあげている。だから私たちは、この軍警察に所属する人間は誰であろうと信じないし、フォートカーソンのすべての軍警察の人間を信用できないのだ。またＣＩＤについては、私たち麻薬捜査部の人間はＣＩＤの指揮官である海軍兵曹長と密接に連動して動いていたが、補充人員は軍警察から来ていた。軍との接触で、私はこうしたジレンマに直面していた。CIDの指揮官は、コロラドスプリングス警察署の諜報部にKKKに関する公開ファイルがあるのは知っている。しかし、私たちが潜入捜査をしていることは、私は今まで一度も報告したことがない。もし、この指揮官あるいは軍人（空軍を含む）が捜査のこうした側面を知っているとしたら、それは私の上司かこの署にいる人間で、捜査に関する情報を持ち、かつ口の軽い人間から聞き出すしかなかっただろう。そんな人間はたくさんいた。

実際にOSIの捜査官は、彼らの上司のひとりが私の上司のひとりと、この潜入捜査について話し合ったといった。それから2人は、どうしてこのような状況になったのかを尋ねた。

私は彼らに事の顛末を告げた。KKKをだますための私たちのホラ話を聞いて大笑いした後で、OSIの捜査官たちは真剣な表情になって、捜査資料と軍と関係のあるKKK会員の名簿を見せてほしいと頼んできた。私は資料を取り出し、問題のページを開いて彼らに見せた。ひとりが人差し指で名簿をたどり、ある場所で指を止めた。そして、一緒に車に乗ってくれと言った。私がどこへ行くのか尋ねても返事はなく、もう一度、彼らと車に乗ってくれと言われた。私は再びどこへ行くのかと尋ねたが、同じ反応が返ってきただけだった。

ここまでくると、彼らがなぜ私の持つ名簿に興味があるのか、とても知りたくなった。それに、どうしてそこまでして隠す必要があるのだろう。そして私をどこへ連れて行くつもりなのだろう。トラップ巡査部長の方を見てどうすればいいか指示を仰ごうとしたら、巡査部長も彼らが場所を秘密にしておきたがっていることに興味があるようだった。最終的にトラップ巡査部長は、彼らの車に乗るかどうかを私自身の決定に任せた。

私は少しのあいだよく考えた（政府を完全に信用している人間なんているのだろうか、しかも相手は軍部だ）。だが最終的には、ＯＳＩ捜査官たちと一緒にどこへでも行くことにした。それを聞いた彼らは満足した様子で、私に捜査資料を持っていくように頼んだ。私は資料を手に取ると、彼らに名刺がほしいといった。そしてトラップ巡査部長に彼らの名刺を渡して次のように伝えた。しばらくしても自分が戻らなかったら、その時はこの2人を捜査してもらいたい。それから、彼らの車に乗り、出発した。州高速道路25から入って南へ向かう。

私は再度どこへ行くのかと尋ねたが、やはり返事はなかった。彼らが行く先を秘密にしていた理由が明らかになったのは、NORADと書いた案内標識のところで車が進路を変え、シャイアン・マウンテンに向かったときだった。そこにはアメリカとカナダが共同運営している北米航空宇宙防衛司令部（NORAD）がある。そのことに気づき、そしてメインの入り口を守る25トンもある防爆扉の光景を目にしたとき、私はお菓子屋にいる子どものように微笑んだ。その入り口は山をくりぬいて作られたトンネルへ続いていた。今はどうかわからないが、その当時は私のような階級の捜査官がNORADに足を踏み入れることなどなかった。NORADは、セキュリティ審査が厳重な施設だ。私が乗る車がセキュリティ審査を通過するとき、自分が初めてNORADの名前を耳にした日のことが心によみがえった。

1963年のクリスマスイブだった。私は当時10歳でテキサス州エルパソの東ヤンデル通りに住み、アルタビスタ小学校に通っていた。その日の午後9時ごろ、母が聞いていたラジオ番組でアナウンサーが、NORADがアメリカ東部上空を飛んで子どもたちにプレゼントを配っているサンタのそりの位置をとらえたと言った。NORADは一晩中サンタのそりを追跡するらしい。そして、月明りを反射して、そりのレールや車体がキラキラ輝いているので、夜空を見上げれば見えるかもしれない。また、こうした光景を見ることがあったら近づいて観察してみると、ルドルフの赤い鼻が夜空に明るく輝いているのを目にすることがあるかもしれないとも述べていた。

すぐに弟と私は走って外へ飛び出して、空をあちこち見渡し、キラキラ輝くそりとルドルフの赤く光る鼻を見つけようとした。ボーイスカウトの年少団員だった私は、北斗七星と小ぐま座そして北極星の位置を探し出す方法を知っていた。しかし、サンタのそりを引く先頭にいるルドルフの「とても明るい鼻」を探すという努力に収穫はなかった。私たちはあきらめて家に入ると、その1時間後には眠ってしまった。翌朝に目覚めてわかったのは、NORADが昨夜報告した輝くそりの位置情報のひとつがヤンデル通りの3308Eだったということだ。

ＯＳＩの2人と私が乗る車がトンネルに入ると、急に夜になったような感じがした。道路は2車線で真ん中に黄色いラインが引いてある。山の内部を通るトンネル内は暗く、ライトで照らされていて、夜道を走っているようだった。トンネルを抜けるのにどれほどの距離があるのかはわからなかったが、私にはトンネルの明かりが永遠に続くかのように思えた。それは、禁断の軍事施設にいるという私の気持ちが見せた錯覚だったのかもしれない。

入り口にたどり着くと、そこには3階建ての施設が15個あった。それぞれが巨大なばねに支えられていて、爆発や地震の際にはあらゆる方向に2・5㎝程度まで動いて揺れを逃がす構造になっている（ソ連との冷戦真っ只中に建設されたNORADは、核攻撃にも耐えられるように設計されているのだ)。基本的にNORADは山の中につくられた都市のような場所で、そこでは600人の人々が働き、商店やカフェ、ジム、医療施設なども備えていた。

たくさんの施設のうちのひとつに入っていくと、OSIの捜査官のひとりから施設の副司令官をしている黒人の大佐を紹介され、彼からこの場所の説明を受けたのだ。大佐は私がユニークな捜査をしていると聞き、もっと詳しく知りたくなったと私に言った。

捜査について大佐に話し、私のKKK会員証を見せた。大佐は南部出身者そのもので、私の話やデイヴィッド・デュークとの写真撮影の件を聞くと大笑いした。それから急に真面目な顔になると、私の捜査資料と軍関係者のKKK会員名簿を見せるように頼んできた。

私が名簿を見せると、OSIの捜査官たちが私のオフィスでしたように、大佐も人差し指で名前をたどると突然指をとめた。電話の受話器を取り番号を回すと私と2人の捜査官に背を向け、電話のあちら側にいる誰かと何やらひそひそ声で話をして電話を切った。それから私たちの方を向いてしばらく当たり障りのない話をした。私のKKK捜査の成功と警官としての職務遂行に礼を言うと私と握手をして、2人のOSI捜査官と話をしてから、大佐はその場からいなくなった。

「で、一体どうなっているんです」

と私は尋ねた。

ＯＳＩ捜査官たちは、私が持ってきた名簿のうち2人が最高機密を扱っているNORADの職員だと言った。私はそのことに全く気がついていなかった。彼らは北米防空システムを監視するメイン制御装置を担当していた。そして、さっき大佐が電話したのはペンタゴンで、大佐は2人のＫＫＫ会員を最高機密を扱える立場から異動させる許可を得たと捜査官たちは説明した。

捜査官たちによると、ペンタゴンは2人の行為を国家の安全にかかわる可能性があり認められないと見ているようで、2人のＫＫＫ会員は今日中に「北極」へ飛ばされるだろうとのことだ。そこは米軍の中で最も北にある軍事施設だった。大佐は職員の行動にはとても厳しく、この2人のＫＫＫ会員の活動だけでなく似たような行動をするNORAD職員も決して許さないだろう、とも言った。

大佐は私が来たことに感謝して部屋を出て行くと、2人の捜査官は私の方を見てうなずいた。私たちは山の中につくられた建物を出て車に戻った。子ども時代の私にとって「クリスマスに北アメリカ大陸を走るサンタのそりを追跡していた施設」への訪問はこうして終わった。

11——すべては煙に消えた

チャックとトラップ巡査部長は、私がNORADで聞いた話を信じられず、その話はかえって私の捜査に大きな弾みをつける結果になった。捜査対象はアメリカ政府のトップにいる権力者たち、米軍の最高機密を握っている白人至上主義者たちを引きずり下ろす。若い警官にとっては悪くない話だ。

NORADに招かれてから数日の間に、私はケン・オデルに3回電話して十字架焼きについて話した。

ケン・オデルは私に、自分や他のKKK会員と一緒にある場所に行き、ケン・オデルがジェイムズ・ボンド映画で観たマッチ箱とタバコを使う方法で5・5メートルある十字架に火をつけるのに参加しないかと言い、十字架焼却儀式の日時や他のKKK会員が何人参加するかなどの詳細を教えてくれた。私はすぐにこの情報をコロラドスプリングス警察制服パトロール部門の人員配置担当官に伝え、問題になっている特定地域にパトカーを多く回し、KKK会員を現行犯で逮捕するか、威嚇するなどの方法で十字架焼却の実行を事前に阻止するように依頼した。

携帯電話、テキストメッセージやEメールなどの便利なコミュニケーション手段がない時代で、自分が所属する警察署の働きの成果を知ったのは、私が指示を出してから24時間以上たってからのことだった。

やっとのことでケン・オデルと話すことができたので、どうしてもやらなければならない他の仕事があり十字架焼却に参加できなかったことを詫びた。しかし本当の理由は、おとり捜査という法的な問題があったからだ。だがケン・オデルは十字架焼却は中止したと言った。十字架焼却をする予定の場所近くに警察のパトカーが複数配備され、普段なら1台しかいないはずなのに3台のパトカーがうろうろし、ときどき1時間ほどパトカー2台で通りを行ったり来たりして見回りをしていた。このように警察のパトロールが厳重だったので、KKKは2か所で十字架焼却を取りやめ、最終的には3か所目に向

かうことを検討すらしなかったとケン・オデルは説明した。これは、警官でいることをとても誇らしく思った瞬間だ

私はよく、「この捜査を通じてあなたが達成したものは何だと思いますか。KKK会員を逮捕したわけでも、禁制品を差し押さえたわけでもありませんよね」とか「この捜査であなたが最も誇らしく思っていることは何ですか」という質問を受ける。そういった時はいつも次のように答えることにしている。「私たちの努力のおかげで、黒人や他のマイノリティーの親が、5・5メートルもある十字架があちこちで燃やされているのを目にする理由について子どもに説明しなくてすみました。特に南部出身の親はおそらく自分が子どものころにKKKによる十字架焼却という恐ろしい行為を経験しているでしょう。コロラドスプリングスの子どもたちを同じ目に遭わせたくなかった。私たちは、多くの親が子どものころに体験したトラウマが、今の子どもたちの記憶に焼きつけられるのを防いだのです。電話でケン・オデルと直接のやり取りすることで、私はいつどこで十字架焼却が行われるのかの情報を得ました。そして私たち警察官は、それを食い止めることができたのです。捜査が成功したかどうかは、逮捕者の数や差し押さえた禁制品の量だけで決まるものではありません」

ときに成功は「どんなことが起こったか」よりも「どんなことが起こるのを防いだか」

にあるものだ。

有名になって昇進しようという自分勝手な熱意に燃えるエドは、ケン・オデルから得た情報を私に提供することで捜査に重要な貢献をしていると思っていた。彼がKKK会員になろうとしているのはご機嫌取り以外のなにものでもなく、私やトラップ巡査部長にいい印象を与えて風紀犯罪取締部門から諜報部門へ異動することを狙ったものだ。エドの行動は捜査において利益になっているとはいえず、少なくとも私は歓迎してはいなかった。

デュークの訪問が終わり、ケン・オデルがさらなる十字架焼却の計画を立てることに消極的になったこともあり、KKK潜入捜査は縮小しつつあった。チャックとジムは、本来の仕事である麻薬取締官任務ですっかり忙しくなってしまった。彼らの上司のアーサーはまだ私をひどく嫌っているようだったし、私も彼がとても嫌いだった。KKKの情報集めという意味では、さほど収穫がなくなってきた時期だ。ケン・オデルとの電話で地元の会員が誰なのかを突き止め、その行動を監視してはいたが、このころにはチャックやジムが会合に参加してKKKの面々と直接顔を合わせることはなくなっていた。

ケン・オデルに加えて、フレッド・ウィルケンズやデイヴィッド・デュークとも引き続き電話で連絡を取っていた。もちろんそれほど頻繁ではなかったし、本当に重要な話題を議論したわけでもなかったが。なによりもこうした電話の目的は、私と彼らの間のコミュニケーションを維持しておくことだった。そんな頃、特筆すべき出来事が起き、私は子どものころからあこがれていた公民権運動の歴史的な偉人に会うことができた。

1979年3月29日、ラルフ・デイヴィッド・アバナシー牧師がコロラドスプリングスを訪れた。彼はマーティン・ルーサー・キング・ジュニア牧師の右腕として活躍し、彼の後を継いで南部キリスト教指導者会議（公民権運動を推進した重要グループ）のリーダーとなった人物だ。キング牧師が身体的な攻撃を受ける際、彼は常にキングの側にいて、同じ苦痛と屈辱を味わった。このアバナシー牧師の訪問は、黒人バプティスト教会が自らの広報活動として主催したものだ。その教会は今は亡き私のおばが共同創設者で、コロラドスプリングスから16㎞ほど南、フォートカーソンのちょうど東側にあるファウンテンという小さな町にあった。

その頃、コロラドスプリングスでは15歳の黒人少年デイヴィッド・スコット・リーが、繁華街にある24時間営業の食堂で白人の若い男性料理人を殺害したとして有罪判決を受けたばかりだった。幼い娘を持つ既婚者である料理人が深夜勤務を終えて家に帰ろうとしたところ、リーが車で横に止まり、彼を撃ち殺した。リーに動機を尋ねると、「人を殺すのがどんな感じか」知りたかっただけだとの答えが返ってきた。

地区検事長はリーを成人裁判所で裁き殺人罪とした。バプティスト教会の黒人牧師や信徒たちはその判断に怒り、若き殺人者リーに代わって抗議活動を開始した。地区検事長は人種差別主義者だからリーを成人裁判所で審理した、少年裁判所なら彼の刑はもっと軽くなったかもしれない、と。しかし、抗議活動をしている人々は、この犯罪の冷酷さや、彼の行為によって夫や父親を失った未亡人や幼い娘のことを全く考えていない。抗議側にとっての被害者は、「人を殺すのがどんな感じか」知りたいと思いそれを実行した15歳の少年の方なのだ。

バプティスト教会はコロラドスプリングスに来てもらうようにアバナシー牧師を説得した。地区検事長に対する抗議活動に、彼の名声を利用したかったからだ。教会側の言い分はすべて、2人の当事者の人種の違いに基づいていた。その殺人者の少年は刑事司法制度で公平に扱われず、成人裁判所で裁かれた。それは彼が黒人だからだと主張したのだ。

アバナシー牧師がコロラドスプリングスを訪問したその日、25人ほどのKKK会員が白装束やホワイト・パワーと書かれたTシャツを着てバプティスト教会に集まり、アバナシー牧師が教会による抗議行動を支持する説教をするあいだ、デモを行った。その場にいたKKKの中には、フレッド・ウィルケンズやジョセフ・スチュワート、そしてティムもいた。

そのとき私は教会にいた。警察署にアバナシー牧師に対する死の脅迫状が届いた、おそらくKKKによるものだろうと署長に言われたのだ。署長は私に、アバナシー牧師が夜に町を離れるまで警護として彼の側にいるように命じた。特筆すべきは、1月にKKKのグランド・ウィザードの警護をした私が、その3ヶ月後、KKKに猛反対されている公民権運動のリーダーの警護をしていることだろう。

教会での礼拝が終わると、私はアバナシー牧師に自己紹介をするという光栄な機会を得て、ここに来た目的を説明した。彼は非常に礼儀正しくて腰が低く、まさに南部の紳士だった（興味深いことに、アバナシー牧師は後に私の義理の母になる人がアラバマ州立大学に通っていた時の担当教授のひとりなのだが、この時はまだそんなことを知る由もなかった）。アバナシー牧師は私に礼を言った。彼は私が身の安全を心配して来てくれたことにとても感謝しているようだった。

しかし教会の信者たちは、正反対の反応を示した。私がアバナシー牧師と話しているときに、教会の牧師が何人かの信者に向かってささやき声で侮辱しているのが聞こえてきた。私が自分を「スタスキー&ハッチ」の登場人物だとでも思っているんだろう、と。確かに私は、その服装を、当時人気だったテレビの刑事ドラマにたとえていたのだ。確かに私は、その番組の登場人物のようにジーンズにカジュアルなシャツを着てスニーカーを履いていた。でもそれは私の普段着だ。当時は社会的な状況もあって、教会の信者たちは刑事司法組織の人間を全く信頼していなかった。信者たちは私がみんなと一緒にアバナシー牧師といることに腹を立てていたし、アバナシー牧師の訪問や今回の抗議活動の件について警察に介入してほしくないようだった。

その日は、信者たちが中心街にあるコロラドスプリングス裁判所前に集まり抗議デモを行う計画だった。そこには地区検事長のオフィスもある。それまでの間、アバナシー牧師は車でホテルに戻り一息ついていた。私は彼の部屋で警備をしていたので、数時間ほどこの公民権運動の生き証人と話ができた。今までニュースや新聞そしてテレビで何度も見ていた人物が目の前にいるのは、とても畏れ多いことだ。公民権運動を象徴する人物の安全を守る役目を命じられたことは驚きであり、光栄でもあった。

アバナシー牧師は疲れているようで、靴を脱いで二人掛けソファーに身体をあずけていた。それでも、彼は私の質問に丁寧に答え、公民権運動での経験や、キング牧師の思い出、KKKのテロ作戦の標的になったことなどを話してくれた。南部出身であるアバナシー牧師は、当時の黒人の子どもがみんなそうであったように、死の恐怖がたえずつきまとい、ひどい報復を受ける可能性が日常的な環境で育った。攻撃してくるのは人種差別主義者の白人男性、何人かは白装束を着た連中だ。家や教会に爆弾を投げ込まれたこともある。親友で公民権運動の盟友でもあるキング牧師が銃殺されたときは、現場であるテネシー州メンフィスのホテルのバルコニーにいた。この男は死をよく知っているし、白装束を着たテロリストの脅しにもひるんだりしなかった。

アバナシー牧師と個人的な時間を共にしたこと、夜のニュース番組で報道される映像でしかなかった公民権運動の貴重な体験を彼自身が話すのを聞くことができたこと。その感動を表現するのに「畏れ多い」という表現は、控え目すぎる表現かもしれない。アバナシー牧師は、自身が偉大なことを成し遂げた人物で、彼を過小評価する意図は全くない。私は座りながらにして、歴史をつくった本人から話を聞き、吸収していた。とても光栄なことだ。

しかし私は、アバナシー牧師と時間を共にすることで、キング牧師自身の人生を少しばかり追体験していたのも否めない。つまり、アバナシー牧師を通じてキング牧師の魂と交信していたのだ。アバナシーとキングは、成人してからずっと一緒に行動してきたようなものだ。公民権運動に大きな影響を与える、１９５５年から翌年にかけて行われたアラバマ州モンゴメリーでのバスボイコット事件以来。

アバナシー牧師の回想の合間に、彼を招待した教会が行っている抗議活動の背景を知っているかと質問した。彼は、地区検事長が15歳の黒人少年を白人男性に対する殺人で有罪とし、白人の子どもが同じような罪を犯した場合よりも厳しく処罰するという過ちをおかしたと聞いたという。

ここで私は職業的な慣習を破り、要人警護に就いている者としては想定外のことをした。警官としての任務にありながら、個人的な感情で行動してしまったのだ。アバナシー牧師に対して、この教会の連中は嘘をついていた。目の前にいる、誠実で礼儀正しい、黒人社会の歴史的な偉人に真実を告げなければ、と。

私はこの事件の一部始終を詳しく説明した。教会の牧師や信徒たちは都合のいい部分だけを選び、物語をつくりあげていたからだ。アバナシー牧師は耳を傾け、殺害された白人の家族の状況や、被害者である何の罪もない若い男性が殺人を犯した15歳の少年との面識がなかったという話を聞いていた。そして、少年がただ「人を殺すのがどんな感じか」知りたいと言う理由で、行き当たりばったりにその犠牲者を選んだのだと知ると、アバナシー牧師は驚くと同時に怒りをあらわにした。私はさらに、少年の告白は強要されたものではなく、またそれを撤回してもいないと言ってから、アバナシー牧師にこう尋ねた。少年が有色人種を選んで殺す可能性も十分あったのに、教会の人たちが地区検事長に被害者の人種を問題にして抗議活動をするのはどうしてでしょうか。

最後に私はアバナシー牧師に言った。殺害された被害者は貧しい生活の中で必死に働いて、家族のために暑くて汚れた環境のなか低賃金で頑張っていたのに、精神的に病んだ少年の殺戮願望の対象に偶然選ばれた。この事件で人種は動機ではない。たまたま片方が黒人、もう一方が白人となったに過ぎない。

この新事実を知ったアバナシー牧師の表情は、明らかに変わっていた。そこからは困惑が感じられ、瞳にはかすかな怒りの炎が見えた。教会に騙されていたことに気づいたのだろう。すべては、アバナシー牧師の名前を使うことで地区検事長に対する復讐で有利に立とうとする連中の策略だった。彼は、これまでこの問題について自分が教会の牧師や信者たちと一緒に注目を集めてきた広報の内容がどのようなものであったかを振り返っている様子だった。これでアバナシー牧師はこの件から手を引くだろう。二人掛けのソファーに身をゆだねてくつろいでいた彼は背筋を正し座りなおして言った。「これで状況はかなり変わるでしょうな」これを聞いた私は、「そう思います。少なくとも私にとってはそうなるでしょう」と答えた。

そうこうするうちに教会の牧師が戻ってきて、抗議活動のためアバナシー牧師を裁判所へ連れて行こうとした。私は座って2人が立ったまま面と向かって熱のこもった言い合いをしているのを眺めていた。それでも小さな声で話していたので内容を聞き取ることはできなかったが、彼らの身振りからそれが読み取れた。アバナシー牧師は話しながら手を空中で振り下ろし、ときどきその手を私のほうに向けながら私を見ていた。そして教会の牧師は明らかに守勢に回り、アバナシー牧師を落ち着かせようとしながらときどき私のほうを見ていたが、その心に神の精神は宿っていないようだった。

私がアバナシー牧師に言ったことが影響を与えたのか。それによって彼はコロラドスプリングス訪問の目的に関して考えを変えたのか。しかしこれらの疑問に回答を得られることはないだろう。この件が私の前で再び話題となることはなかったし、アバナシー牧師の滞在期間中も街を去った後も、教会の牧師はこの件に触れなかった。その牧師は教会の共同設立者の一人であるおばを通じて私のことを知っていた。教会がアバナシー牧師に嘘をついていた、抗議行動も彼の名前を宣伝に利用したかっただけ、とおばに言うと、その後しばらく彼女は私と口をきいてくれなかった。

熱のこもった議論が終わると、アバナシー牧師は冷静さを取り戻した。教会の牧師は私に激しい怒りの表情を向けていた。私たち3人がホテルを出て抗議活動が行われる裁判所へ向かうと、裁判所の庭には25人ほどのKKK会員がいて、私たちを「出迎えて」くれた。KKK会員は白装束や「ホワイト・パワー」Tシャツを着て集合していて、教会の抗議活動者たちを非難し、15歳の殺人者を大人として裁いた地区検事長の決定を支持する小さなプラカードを掲げて円陣を組んでデモ行進をしていた。

アバナシー牧師と教会の牧師は信者たちに加わった。そこには私のおばもいて、信者たちは自分たちのやり方で抗議活動を始めた。スローガンが書かれたプラカードを掲げる代わりに、地区検事長の行動を非難する言葉を叫んだ。黒人の市民抗議活動で伝統的に行われてきたように、黒人霊歌を歌いながら、だ。アバナシー牧師の指揮で公民権運動のテーマ曲「勝利をわれらに」を歌うと、信者たちは大いに盛り上がった。その瞬間、集まっていた人々は年齢や立場に関係なく、公民権運動の初期の指導者のひとりと一緒であるという名誉を感じながら、輪になり、つないだ手を揺らしながら歌っていた。多くの人がテレビでよく見ていたであろう過ぎ去り時代に、この男が親友のキング牧師と指揮していたように。

われらは勝利する　われらは勝利する　われらはいつか必ず勝利する　心の奥底から信じている　われらはいつか必ず勝利する…

私は遠くからこの「道化芝居」を見物していた。もっとも滑稽なのは、私のおばや教会の牧師そして信者たちが黒人文化史の聖人をだましていることだ。この男はもっと良い扱いを受けるべきだ。全アメリカ人の公民権のために血を流した男なのだから。そんなアバナシー牧師と抗議活動に参加することで、人々は満足しているようだった。アバナシー牧師と一緒に偽の「人種的不公平」を体験することで、彼の闘いを少しでも味わいたかったのだろう。

殺人を犯した15歳のデイヴィッド・スコット・リーは、大人として裁かれ終身刑の判決を受けてコロラド州刑務所に収監された。

翌日の3月30日にケン・オデルから電話があった。私が地元KKK支部のリーダーを引き受ける必要があると、今度は断固とした口調で言ってきた。ケン・オデルとスチュワートが軍を除隊となり、コロラドスプリングスを離れる日が近づいていたのだ。ケン・オデルが言うには、KKK支部には統率力と冷静さを持つ地元住人の指導者が必要で、任務次第で移動してしまう軍人では安定した状況はつくれない。この支部に必要なのは安定性で、私が地元のリーダーを引き受けるというのは、KKKのコロラドスプリングス支部を安定させる指導者になるということだ。他の会員たちとは事前に話し合い、私がその役割に最もふさわしいということになった。そしてケン・オデルは指導者交代を進めるために私と会うことを強く求めてきた。

KKKの地域リーダーを引き受けるべし、というケン・オデルの考えを変えるために、私はもう一度、しかし今度はいろいろな作戦を試みた。

私はまず、自分はそのような立派な役割に値するような人物ではないし、仕事が障害になるからと何回も丁寧に断った。しかしケン・オデルは上手くいくからと言うだけだ。次に、私よりもその役目にふさわしい人物がいるからと言ったが、それはすぐに拒否された。私がKKKのコロラドスプリングス支部のリーダーになれない理由をいくら思いついても、ケン・オデルは聞く耳を持たなかった。ケン・オデルは2、3日後にまた電話する、その時に指導者交代手続きのための会合日程を決めようと言って電話を切った。

すぐにトラップ巡査部長に事態を報告すると、巡査部長は署長を交えて話し合うことを提案してきた。

私と巡査部長は署長と会い、これまでに判明した概要を説明した。捜査によって、KKKと民警団という2つの大きな人種差別集団について価値ある情報を集めることができた。次に、KKK会員は陸軍、そして空軍（NORAD）にも潜入している事が発覚した。また、ブラック・パンサー党とブラック・ムスリムという黒人の武装集団がコロラドスプリングスにやってきて敵意に満ちた言葉でKKKとやり合い、社会にマイナス影響を与えるという事態を防いだ。さらに、少なくとも2か所で十字架焼却というKKKのテロ行為を防いだ。そして諜報活動の観点では、アメリカ中の警察機関や名誉棄損防止同盟（ＡＤＬ）のような民間団体にまで有益な情報を提供し、私たちの捜査は国家全体に影響力を持つに至った。

それから署長に、ケン・オデルが電話で地域のＫＫＫ支部リーダーになるように私にしつこく薦めてくるが、私としてはこの申し出を引き受けたほうがいいと思っていると言った。その理由は２つ。まず私たち警察署は、おとり捜査の可能性がある仕事をするので、地区の検察当局と緊密な協議をしながら働くことになるかもしれないということ。そして、これはＫＫＫの情報を集める絶好のチャンスで、さらには、コロラドスプリングスで活動する他のヘイト集団の情報にも手が届くかもしれない。ＫＫＫ支部リーダーの立場からの捜査、これは一生に一度のまたとないチャンスで、私たちはこの機会を逃さずに利用すべきだということだ。

トラップ巡査部長は私の主張を聞き、捜査を進めることに賛成し、私の考え方を支持してくれた。しかし署長は私の論理に納得せず、むしろその問題について話し合うことさえ嫌がっているようだった。署長は、私が直ちに捜査を打ち切ることを望んでいた。私は、これ以上ケン・オデルと接触したり他のＫＫＫ会員と直接顔を合わせる会合に参加するのを止めるように命じられた。トラップ巡査部長が命じられたのは、ケン・オデルからこれ以上私に電話がかかってこないように、捜査用の電話回線の番号を変えることだった。そして私はさらに、捜査用の私書箱に届いたＫＫＫからのものと思われる手紙には返事をしないように言われた。つまり署長は「ロン・ストールワースというＫＫＫ会員」の存在を完全に消したがっていた。

署長が捜査を止めるだけでなく捜査の記録までも抹消したがったのはなぜかとよく聞かれるが、それについて正確に答えることは私にはできない。署長が何を考えていたのかは私にはわからない。だが、ひとつ言えるのは、彼がもともと広報責任者だったことだ。きっと、コロラドスプリングス警察署の警官たちが正式なＫＫＫ会員だったことが噂になり、署のイメージが自分の手に負えない事態になることを恐れたのだろう。

しかしこれは諜報活動であって、実りなき犯罪捜査とは違う。

理由を尋ねると、署長はこう答えた。ロン・ストールワースというＫＫＫ会員がいたという痕跡を残したくはないし、ジム・ローズ刑事（偽名リック・ケリー）についても同じだ。この目的を達成するため、署長は私にコロラドスプリングス警察署がＫＫＫに対して潜入捜査をしていたことを示す証拠をすべて抹消するように命じた。署長は署にＫＫＫ会員である捜査員がいたことを市民に知られたくなかったのだ。

私は署長の考え方に猛烈な勢いで反対した。トラップ巡査部長は何回か署長に見えないように私の膝を軽くたたき、私をなだめようとした。私たちの任務遂行方法はすべて、道徳的にも倫理的にも法的根拠の観点からも許される範囲で、警察署の行動方針にも違反していないと説明し、すべての行動はトラップ巡査部長に意見を求め承認を得ていると署長に念を押した。署長が提案する方向へ進むのは、私たち課報部門が間違ったことをしているというようなものだ。しかし私たちは間違ったことなどしていない。

前にも述べたように、署長は昇進する前は広報部門担当の警部補だったので、自分やこの警察署が世間からどう思われているかをとても気にしていた。この警察署がKKKと関係があったことにコロラドスプリングスの市民が気づいたら、それが職務上認められたものであろうとなかろうと、警察署のイメージダウンにつながる。署長はかたくなな態度で、私たちがKKKと関係していることを示す証拠を、関与した捜査官たちが作成した報告書も含めてすべて抹消させようとした。

私は不本意ながら署長の指示に従った。トラップ巡査部長とオフィスに戻りながら、怒りのあまり自分が知っているあらゆる罵詈雑言をつぶやき、ついでに新しい悪口まで考えついてしまった。署長の命令について巡査部長は、

「サノヴァビッチ、こんなの間違ってる」

と、はっきり言った。一年近く続けてきた画期的で価値あるハードワークが水の泡になりかけていた。しかも原因は、私たちの活動を知った市民が「するかもしれない」反応

を署長が心配していることだ。ＫＫＫの存在に抗議活動をしている市民のことを考えれば、もし自分たちの警察署が裏でしてきたことに気がつき、私たちが何ヶ月もどれだけＫＫＫを笑いものにしてきたかを知れば、彼らはこの警察署を大好きになり、私たちの努力を賞賛するだろう。これこそが、この警察署の広報活動としての素晴らしい戦略になるのではないのか。

トラップ巡査部長のいる前で、私はゆっくりとあちこちの報告書をシュレッダーにかけた。でもそれらは重要でない書類ばかりだった。私がシュレッダーをかけている間、潜入捜査用の電話が何度か鳴った。ケン・オデルとこれ以上接触するなと命じられていたので、電話には出なかった。もっとも当時は発信者番号通知という機能がなかったので、そもそも誰からかかってきた電話かわからなかった。トラップ巡査部長が長時間オフィスを離れていた隙に、私は捜査をまとめた資料と捜査中に集めた記事いくつかを隠すように小脇に挟み、オフィスを出て車に乗り込んで家に持ち帰った。私は35年以上の間それらを保管し続けており、この本はそうした資料を元に書かれている。

自分の行動をどのように説明するのか？　署長は私にコロラドスプリングス警察が関係したことを示す捜査資料をすべて抹消しろと命じた。しかし、どうやってその証拠を抹消するかの指示はしていない。これらの資料を家に持ち帰れば、コロラドスプリングス警察署が関係していることを示すものは警察署のファイルからは消える、署長が望んだように。自分がしたことについて嘘をついたことがあるかと聞かれれば、このことで嘘をついたことはない。誰も私に「どうやって証拠を隠滅した？」と聞かなかったからだ。だから私は一度も、この質問について答えねばならない状況になったことがない。

　私の行動をトラップ巡査部長や同僚の誰かに知られていたら、彼らは私を規律違反で内務調査部署に報告せねばならなかったろう。私は警察署の公的な資料を適切な許可を得ずに抜き取り、警察署長が下した直接の指示に背いた。「意図的に軽率な行動をとった」として、停職や解雇になっていたかもしれない。ではなぜ私は自分のキャリアを危険にさらしたのか。

　この捜査は異色なもので、このような特殊な配役で捜査が行われたことは、私が知る限りこれまで一度もなかった。正気の人間なら、まず私の話を信じようとはしないだろう。私が持ち出したＫＫＫの捜査ファイルは、たくさんの写真も掲載されている重要な記念品であり、独創的で斬新な私の努力を示す大切な唯一の証拠でもある。そして私はこの一件の記録が欲しかったのだ。口伝えでは、時間がたつと記憶があいまいになってしまう。また、同僚の警官の場合は、アルコールのせいでも記憶があいまいになる。

クー・クラックス・クランに対する私の積極的な捜査は公式に終了した。私は警察署のことも、アメリカ黒人である自分の行動も、誇らしく感じていた。私の捜査の間は、コロラドスプリングスで十字架焼却儀式が行われたことは1回もなかったから。「ロン・ストールワースというＫＫＫ会員」は姿を消し、コロラドスプリングスのＫＫＫ支部会員から再びその名を聞くこともなかった。デイヴィッド・デュークへの電話も止めた。こうして、この捜査は幕を閉じた。

私がファイルを片付けていた夜に鳴った電話に関してはどうかって？　黒人がオーナーで、１９７５年にストークリー・カーマイケルを呼び、私が初めて潜入捜査の任務を経験したナイトクラブ、ベルズ・ナイチンゲール。あの日の夕方、このナイトクライブは、罪のない白人男性を殺害した15歳の黒人デイヴィッド・スコット・リーの代理として資金集めを行っていた。夜遅くなって一本の十字架がそのナイトクラブの外で燃やされた。その電話はケン・オデルが私にその夜の十字架焼却の計画について伝えるためのものだったかもしれないが、私が真相を知ることは決してない。

そして、この十字架焼却の犯人は誰ひとりとして判明しなかった。

後日談

1979年4月に公式な捜査は終了したが、その後もＫＫＫの活動に関する情報を入手し続けていた。これには正当な理由もある。私はできる限り彼らの活動を追いかけ、「ＫＫＫ会員」として私の名前が出てこないかを気にしていた。私は署長から「消える」ように命じられていたのだから。また、エドからも情報が入ってきた。彼はＫＫＫの捜査に重要な貢献をしたとして諜報部門へ異動することを望んでいた。こんな調子なので、あいかわらずエドは私の悩みの種だった。彼が提供してくれた情報には重要性のないものもあり、新しい捜査ファイル――捜査資料原本を持ち帰ったため、やむなく作成した――に加えられることはなかった。エドはＫＫＫ捜査に没頭したりトラップ巡査部長に取り入って頑張っていたが、私がコロラドスプリングス警察で働いていた間に彼の努力が実ることはなかった。しかしコロラドスプリングスでは、さらなるＫＫＫの十字架焼却が行われたという情報もなく、ＰＬＰなどの反ＫＫＫ団体――決まって団体名はアルファベットの略称だ――のメンバーの話を聞くこともなかった。

ＫＫＫの捜査が終了した後も、覆面麻薬捜査官としての私の仕事は続いていた。だが、アーサー警部補が警部に昇進すると、私はとうとう別の障害と直面することになった。アーサーがいると私の出世は難しい、私の警察としてのキャリアは他の機関での方が見込みがありそうだ。そう考えた私はコロラドスプリングス警察を辞めた。

退職後は、コロラド司法長官組織犯罪撲滅部隊の特命任務に就いたが、その仕事は1年だけだ。そこから私は、新たな可能性を求めて旅を始めた。1980年から2年間、捜査官としてアリゾナ州フェニックスの地区麻薬取締およびアリゾナ州犯罪捜査機関で働いた後は、ワイオミング州司法長官地区犯罪捜査部門で覆面麻薬捜査官の職に就いた。1982年からの4年間は大勢の白人が住むワイオミング州でたったひとりの黒人警官として働き、最終的にはユタ州の麻薬および酒類法執行公安部の麻薬捜査官になった。そのユタで私は警官としての大きな功績を残すことができた。

その当時、ロサンゼルスを拠点として活動するギャング集団クリップスとブラッズが売りさばいているクラック（精製コカイン）が、ユタ州の州都ソルトレイクシティに大量に流れ込んできていた。私は現状を調査し、犯罪対策のガイドラインを記した報告書を作成した。それがきっかけで誕生したのが、ソルトレイク地区ギャングプロジェクト（メトロ・ギャング・ユニット）だ。米国で初めての、法的な担当地域を越えてギャング抑制／更生を目的とする団体で、後にユタ州の他地域でも、似たようなギャングに対して似たような取り組みが行われるようになった。ソルトレイク地区ギャングプロジェクトは、結成から27年経った現在でも活動を続けている。

1990年代初頭、私はいわゆるギャングスタ・ラップとストリートギャング文化の相関関係について調査し、報告書にまとめ、書籍を出したり雑誌に記事を寄稿したりしてきた。そのため、私は国中でこの分野の専門家として有名になり、議会で宣誓して証言をすることも3回あった。仲間の警官からも「警察組織で最もストリートギャングに詳しい人物」との評判になった。

私は高校の体育教師になるために警察官の道に進んだ。それを考えると、1972年に19歳の私が警察の実習生になる面接を受けたときには想像もつかなかった成功をしたといえるだろう。コロラドスプリングス警察や組織犯罪撲滅部隊から、私の潜入捜査について公に賞賛の言葉をもらえるようになった。麻薬取締局とアルコール・タバコ・火器及び爆発物取締局からは、特別捜査官に対し複雑なストリートギャング文化について講義をしたことで感謝状をもらった。また、ギャングスタ・ラップとギャングカルチャーの関係を突き止めた私の研究が評価され、米国ギャング犯罪研究センターから、フレデリック・ミルトン・スラッシャー国家指導者特別功労賞を受け取った。さらに、ユタ州公安部からは2回も特別功労賞を贈られた。そして現在、私は妻とテキサス州のエルパソで暮らしている。

　私の分身、「白いロン・ストールワース」であるチャックは、コロラドスプリングス警察で際立ったキャリアを歩み、最終的には巡査部長になって退職した。その一方でジミー・ローズは、一般的な警察官とは違う道に進んだ。私がコロラドスプリングス警察を辞めてから約3年のうちにジミーも警察を辞め、捜査官としての自分の可能性を広げる決意をした。彼は麻薬取締局の捜査官になり、後に管理職にまで出世して退職。今は海外で生活している。

　民警団（ポセ・コミタタス）のリーダーをしていたチャック・ハワースは、KKKの捜査が終わり私がコロラドスプリングス警察を辞めてから興味深い人生をたどった。私が辞職して2年後の1982年5月、コロラドスプリングス警察を含む複数機関の共同捜査で、ダイナマイト、雷管、時限式信管、導爆線、自動小銃を販売していた容疑で10人が逮捕された。その中のひとりがチャック・ハワースだ。彼の職場の捜索で、捜査官たちはKKKの白装束と機関紙を発見したそうだ。

　デンヴァー警察の広報関係者は新聞社の取材に、ハワースはおそらくアメリカクラン連合（United Klans of America）のリーダーで、自らの権限で「高貴なるサイクロプス」（Exalted Cyclops）の称号を名乗っていたと語った。あの捜査が続いていたら、私たちはこの事態を予期しハワースを止めることができただろうか。残念ながら、私たちがこの答えを知ることはない。結局、ハワースは爆発物と発火装置の不法所持で2年の有罪判決を受け、その後で世を去った。

コロラドスプリングス警察はかなり進歩した。1972年11月には「白人同僚に差別され見下されても口答えするな、ジャッキー・ロビンソンのように」と言われていたが、警察組織に多様性が取り入れられるようになってから、この署もずっとまともな場所になった。そして私は、かつてコロラドスプリングス警察の制服とバッジを身につけていたことを誇らしく思っている。

あの捜査以来、コロラドスプリングス警察署では黒人を採用するようになっていった。私が実習生に採用されてから3ヶ月以内に、鑑識官に黒人が採用された。さらにその数ヶ月後には、4人の黒人警官が採用され、そのうちのひとりロバート・サップは署内初の黒人巡査部長になった。また、私が実習生になってから約1年後、署内初の黒人女性実習生が採用された。彼女は後に警官として正式採用された（女性初ではなかったが）。

私がコロラドスプリングス警察を辞めるまでの間に、署内の黒人警官の数は徐々に増加した。その中のひとりフレッチャー・ハワードは、2008年に署内の指揮系統第3位に位置する司令官にまで昇進し、勤続38年の2016年に退職した。2016年3月

28日に『ガゼット』紙が掲載した「コロラドスプリングス警察署のマイノリティ雇用」という記事には、黒人警察官の人数について次のように掲載されていた。

警部補（女性）　1名
巡査部長　4名
警察官　25名

もうジャッキー・ロビンソンのように振る舞う必要はない。
最近、私の経験を知っている人たちから「現在の状況と私が40年前にした潜入捜査に何か類似点はありますか」とよく聞かれる。私はいつも、声を大にして「もちろんです」と答えている。

憎しみに凝り固まったデイヴィッド・デューク、フレッド・ウィルケンズ、ケン・オデルのような白人至上主義者たちの悪意が、南北戦争直後から何世代もKKKを存続させてきた。そして現在の政治情勢にも同じ思想がこだましている。２０１７年8月、ヴァージニア州のシャーロッツヴィルに、白人ナショナリストたちが「ユナイト・ザ・ライト・ラリー」のために集結した。デイヴィッド・デュークも参加したその集会で、オルタナ右翼の白人至上主義者が車で群衆に突っ込み、反対派のひとりが死亡。この悲劇は、1970年代にKKKやデイヴィッド・デュークを追いかけた私の経験と明らかによく似ている。

ケン・オデルは私に言っていた。KKKは自分たちの国境警備隊をつくって、リオ・グランデ沿いの国境を越えてテキサス州のエルパソにやってくるウェットバック（メキシコから河を渡ってくる不法入国者）を見張る。照準付きライフルで武装して、彼らの不法入国を阻止するのだと。ケン・オデルの言葉は、KKKのグランド・ウィザードであるデイヴィッド・デュークがKKKの機関誌『クルセイダー』で1977年にした発言に呼応している。「我々は、この国で白人が二流市民に成り下がりつつあることを強く感じている。私が考えるアメリカとは、白人国家のことだ」。デュークはさらに具体的に、真夜中に「不法移民」が国境を越えてメキシコからカリフォルニア州サンイシドロにやってくるのを防ぐべく、1000人のKKK会員でをパトロールをすることを提案している。こうした考えは、ドナルド・トランプの選挙キャンペーンで繰り返し使われたスローガン、「レイプ魔やドラッグの売人をアメリカから締め出すためにメキシコとの国境沿いに巨大な壁を建設する」という発言とそっくりだ。

現在見られる白人ナショナリストや排外主義的な思想は、デイヴィッド・デュークのグランド・ウィザード全盛期に生まれた。私がKKKの潜入捜査をしていたころのことだ。この憎悪は消えることなく、インターネットの闇の中、ツイッターによる挑発的なメッセージ、オルタナ右翼の出版物、排外主義者のトランプ大統領の時代になって、再び勢いを強めてきている。

19世紀の共和党は、リンカーンの党としてKKKの勢力拡大や白人至上主義者が支配的になるのに反対してきた。少なくとも、解放されたばかりの黒人奴隷の問題については、そのような立場をとっていた。しかし、21世紀の共和党は、KKKやネオナチ、スキンヘッド、民兵組織、オルタナ右翼の白人至上主義者といった白人ナショナリストたちと共生関係にあるように私には思えるのだ。その流れが始まったのは、リンドン・ジョンソン政権時代。ジョンソンの公民権についての方針に反対して、南部の民主党(Dixiecrats)が共和党に合流したころのことだ。それから共和党は、非白人にとって忌まわしいものすべてを採用する極右への一途をたどるようになった。

デイヴィッド・デュークは民主党員としてルイジアナ州の公職選に2回出馬して落選している。その後、デュークは自分のイデオロギーや人種観は民主党ではなく共和党に近いと悟って鞍替えし、ルイジアナ州の下院選挙に再出馬すると、地元の保守派からの支持を得て彼は当選を果たした。だが、民主党でも共和党でも、デュークの立場は終始一貫していた。白人至上主義者で民族ナショナリスト、白人中心の考え方を擁護し移民排斥主義を唱えるポピュリスト。変わったのは選挙民の方だ。デュークの政策は民主党に拒否されたが、共和党はデュークを歓迎した。

進歩労働党（ＰＬＰ）によるＫＫＫへの反対運動は、これまた現代の抗議運動――反ファシスト、急進的共産主義者や社会主義者、アナーキストらによる「アンティファ」だ――と時を超えた結びつきがある。進歩労働党はアンティファのように極右主義者たちと闘ってきた。また、アンティファ運動と同じで、進歩労働党は警察や政府による極右勢力阻止を拒絶した。どちらの団体も、政府（特に警察）が、ＫＫＫのような極右主義者たちを支援しており、政府がアメリカ合衆国憲法に従い国民の最大限の利益にかなうような行動をしているとは信じられないからだ。そのために、進歩労働党もアンティファも、必要ならば実力行使も正当であり、その結果は問わないとしている。歴史は繰り返し、いつでも現在の中に存在しているのだ。

私はさまざまな分野でいろいろなことを成し遂げたが、いつも一番わくわくするのはＫＫＫ捜査であり、「グランド・ウィザード」デイヴィッド・デュークと仲間をどうやってだましたかという話だ。あの一件は、想像もしなかったような形で、私を今の私に変えた。そしてその物語は、聞く人の心をいつも引きつける。

謝辞

まずは、エルロイ・ボーデ先生に感謝を。私がテキサス州エルパソのオースティン高校2年生だった１９６９年に英語の授業を担当してくれた彼は、受賞歴のある著述家だが、私が「彼の学校に戻る」ことを認めて、原稿を編集することを引き受けてくれた。

ボーデ先生との関係が完全に復活したのは２０１６年。私が44年ぶりにエルパソに帰ってからだ。彼は私の先生だったが、その後は友人になり、そしてメンターとなった。ボーデと話す時間は本当に大切で、私はいつも学生時代に逆戻りしたかのような気分になり、彼が長年蓄えてきた知識、特に文章術に関するものを吸収していた。私に「自分は文才がある」という考えを吹き込んだのも先生だ。私はこうした大切な時を過ごし、心の中に温もりを感じ、深い考えを得ることができた。短い時間でも彼と共有できたことはとても光栄で、それを考えると私の魂がいつも豊かになった。

残念なことにボーデ先生は２０１７年9月10日に亡くなってしまった。ボーデ先生、そして彼の奥さんのフィービー、特別な時間を過ごさせてくれてありがとう。あなたの親切さ、私に時間を割いてくれたこと、辛抱強く私に付き合ってくれたことに感謝を。

あなたはいつだって私の「先生」だ。

妻のパッツィー・テラザス・ストールワースへ、愛情を込めて感謝を。2004年に最初の妻を癌で亡くしてから、私は6年の間ずっと失意の荒野をさまよっていた。そして2010年12月10日、パッツィーが私の人生に再び現れたのだ。

パッツィーと私は1971年に同じ高校を卒業した。クラスは別だったが、2年生の英語の担任はともにボーデ先生だった。私たちにはもうひとつ共通の体験があり、彼女も最初の夫を数ヶ月前に癌で亡くしていたのだ。彼女はエルパソ、私はユタに住んでいたが、12月のその日は電話で3時間以上も話をした。それから私たちは毎日のように電話で話すようになった。1回の電話で5時間も話すこともあった。少なくとも1日に2回は電話するようになり、そして2017年5月26日に結婚した。私の原稿を一番最初に読み、個人的な感想を言うのは彼女で、私がその意見に従って原稿を書き直すこともよくあった。彼女は頼りになる存在であり私の熱烈な支持者で、いつでも私の「スイート・ガール」だ。

私のビジネス・マネージャー、アンディ・フランシスに特別なシャウトアウトを。あなたが私を信頼し助けてくれなければ、この仕事が完成することはなかった。私の著作権代理人、インテレクチャル・プロパティ・グループのジョエル・ゴットラーとマーレー・ワイスに感謝を。ピート・ボリンジャーへ。私の話を最初から信じ、より多くの人に読んでもらうべきだと考えてくれたことに特別な感謝を捧げる。GQエンターテイメントのショーン・レディック、ショーン・マッキトリック、レイ・マンスフィールドへ。この物語が映画化に値すると信じ、それを実行に移してくれたことに大きな感謝を。
最後に、ジョーダン・ピールとスパイク・リーへ。私の話を読み、プロジェクトを引き受けてくれたことに感謝。返せないほどの恩を感じている。

この本で、KKKの捜査やコロラドスプリングスで若い刑事として活動したについて書くにあたり、私は自分の記憶と経験を頼りにした。

他に、リサーチや執筆の際に参考にした本とを以下に記す。マルコムXの談話をアレックス・ヘイリーが聞き書きした『マルコムX自伝』、ラリー・ゲインズとロジャー・リロイ・ミラーによる『現在の刑事司法(Criminal Justice in Action)』、南部貧困法律センターが発刊した『クー・クラックス・クラン：人種主義と暴力の歴史(Ku Klux Klan: A History of Racism and Violence)』、ブライアン・バローが書いた『怒りの日々(Days of Rage)』、ロバート・アラン・ゴールドバーグの『フードを被った帝国：コロラド州のクー・クラックス・クラン(Hooded Empire: The Ku Klux Klan in Colorado)』。

解説に代えて
フォビアとは「嫌悪」と同時に「恐怖」の意味であって

丸屋九兵衛

あなたがクー・クラックス・クラン（KKK）という存在を知ったのはいつだったか。わたしの場合、それは70年代後半のTVドラマ『ルーツ』だったように思う（再放送）。奴隷となったクンタ・キンテとその子孫たちを描く8話のシリーズもので、南北戦争後の時代が描かれるのは最後の第8話だったはずだ。

子どもだったわたしはKKKの姿を見て恐れおののいた。……と表現できれば綺麗だが、実際には唖然とした。奴隷制は終わったというのに、このアホ白人どもは白装束で黒人たちを脅している。「シーツかぶって、なにいちびってんねん*」というのが偽らざる感想だった。同時に、こうも感じた。「理由もなく人を差別するヤツはアホやねんな」。その考えは今に至るまで変わらないし、究極の真実なのではないか。

*いちびる＝筆者の母語において「調子に乗る」「はしゃぐ」等の意味

本書は、そのイチビリで邪悪なレイシスト集団KKKに対し、果敢にして愉快な戦いを挑んだ黒人警官ロン・ストールワース（1953年6月18日生まれ）が、潜入捜査から三十数年が過ぎた2014年に出したメモワール『Black Klansman』の邦訳である。ノンフィクションだが小説であり、KKKに対して本名を名乗っちゃったり、仲間の正体がバレそうになったり、ギリギリスレスレの線で進んだ捜査がいきいきと描かれた快作だ。（Stallworthという──黒人らしくない──姓は有利に働いたと思われる。「クラレンス・ジョンソン」「ドゥエイン・ジョーンズ」「リロイ・カーター」等の名前で応募していれば、そもそもKKKは電話などかけてこないだろう。）

と、偉そうなことを書いているわたしだが、告白しておく。映画が話題になるまで、本作については何も知らなかった。最初に聞いたのは、「スパイク・リーが監督、ジョーダン・ピールがプロデュースした映画がカンヌで評判だ、KKKに潜入捜査した黒人刑事の実話」という知らせ。そのとき思ったのは「これ、リアル『アンダーカバー・ブラザー』やん」だった。

『Undercover Brother』とは、2002年のアクション・コメディ映画。時代は00年代なのに、70年代そのままの精神と外見（アフロヘアとベルボトム）で生きる主人公が、白人至上主義の巨魁「ザ・マン」と戦うため、変装して敵の多国籍企業に潜入する……

というものだ。連想した理由はおわかりいただけよう。そもそも「アンダーカバー」とは潜入／変装の意味だし、監督はスパイク・リーのいとこのマルコム・D・リーだし、主人公はアフロヘアの70年代野郎だし。

そう、本作では70年代という時代背景も重要だ。ただし読めばわかるように、映画で72年に設定されているKKK捜査は、実際には1978〜79年のこと。つまり、ロンやチャックやジムの冒険の背景で鳴っていたであろう音楽は、アイザック・ヘイズやカーティス・メイフィールドやウォー（世界はゲットーだ！）ではない。むしろ、後期ファンカデリック（大作『One Nation Under a Groove』が78年）やシック（Chicの〝Le Freak〟は78年）、リック・ジェイムズ（78年デビュー）やプリンス（実は同年デビュー）なのだ。こう書き出してみると、時代のムードがかなり違うことがわかる。間違いなく、服のセンスも。

また、本作のチャック（白人）は、映画ではジマーマン姓のユダヤ人だ。映画では終盤にドンパチ（？）があるが、実際の捜査はむしろ「大魔法使い（グランド・ウィザード）」デュークのコロラド降臨そのものがクライマックスで、そのあとは大麻の煙に巻かれたかのようにウヤムヤとなる（up in smoke）。ま、映画は映画だからね。

魔法使い（ウィザード）。ドラゴン。サイクロプス。ヒドラ。ゴブリン。ジニー。すべて、ＫＫＫの階級・役職の称号である……絶句&脱力。

ＫＫＫは恐るべきテロリスト団体なのだが、我らがロン・ストールワースにまんまと騙されるところも含めて非常に愚かであり、なんというか……厨二病だ。「騎士団」を名乗る時点で、精神年齢を自問したほうがいい。

そもそも、すべての右翼には厨二的な妄想癖があるのかもしれない。日本人の一部が何かと「サムライ」を連発するのと同様に。なお、やはりナチスによる妄想のせいで白人至上主義者タームとなってしまった「アーリアン」については、別の機会に語りたいと思う。

本書の終盤には「私はギャングスタ・ラップ研究の第一人者なのだ」とロンが自慢する一節がある。そう、70年代と90年代はあっさり繋がるし、さらに、本書で描かれた一件には現代に通じる普遍性があるのだ。

「黒人に乗っ取られつつある社会を憂いて」「アメリカはユダヤ人の支配下にある」「目を覚ませ、白人たちよ！　我々が受け継いできたものを守ろう」

こうしたＫＫＫ流儀のアジテーションは、今もレイシストどもが繰り返すセリフ。それに、この被害妄想と、それに裏打ちされた攻撃性は海の向こうに限らない。ごく近所でも見かけるマインドセットだ。「世界からバカにされる韓国に乗っ取られたマスゴミから美しい国・日本を守ろう、日本すごい！」とか……ね？

ロン・ストールワースの話に戻ろう。ロンさん、文才は持っているが、さすがに素人という感もある。ドイツ人女性との出会いは単体として面白い逸話と思うが、そのアヴァンチュールの障害となった当時のガールフレンド（のちに結婚）について詳しく書かないならカットしても良かったのでは……。さらに「KKK捜査の記録」という意味では、そもそもストークリー・カーマイケル（クワメ・トゥーレ）の集会も、あるいはアバナシー牧師との件も描写不要だろう。原著編集者の仕切りが甘いと見える。まあ、それやこれやを経て、ロンの人となりが見えてくるのも事実ではあるが。

最後に。内容が内容だけに仕方ないが、以前に字幕を監修した『ストレイト・アウタ・コンプトン』以上にNワードが乱発されることに、わたしは心が痛んだ。読者諸氏は、自らの感覚を麻痺させることがないように。それは我々が使うべき言葉ではないから。

追記：「似てないドクター・ドレー」だったコリー・ホーキンスは、今回もまた似ていない。……これは映画の件だが。

ロン・ストールワース

1953年、アメリカ、イリノイ州生まれ。司法警察機関に32年間勤務し、立派な功績を達成した元警察官。麻薬捜査部、風紀取締部、犯罪捜査部で働き、4つの州で事件担当記者の組織化を行った。コロラドスプリングス市で最初の黒人警官として、激しい人種的な敵意に打ち勝って司法警察組織で歴史に残る輝かしいキャリアを築き上げた。

鈴木沓子(すずき とうこ)

執筆・翻訳・編集業。『バンクシー・イン・ニューヨーク』、『BANKSY YOU ARE AN ACCEPTABLE LEVEL OF THREAT【日本語版】』(パルコ出版)、『BANKSY'S BRISTOL: HOME SWEET HOME』(作品社)、『海賊のジレンマ』(フィルムアート社)などを共訳。

玉川千絵子(たまかわ ちえこ)

翻訳・執筆業。アートやカルチャー関連の翻訳を多く手がける。主な翻訳作品に、スティーヴィー・ワンダーのアルバム(歌詞翻訳)、映画『コピーライトクリミナルズ』(字幕)、書籍『海賊のジレンマ』(フィルムアート社)の共訳。また、雑誌『ユリイカ』(青土社)のケンドリック・ラマー特集への寄稿など。

丸屋九兵衛(まるや きゅうべえ)

19XX年、日本、京都府京都市伏見区伏見稲荷生まれ。司法警察機関から何十回も職務質問されるも、経歴はクリーンな文章家/トーカー/音楽評論家/レイシズム研究家/歴史コメンテイター。bmr編集部勤務、全国の刑務所の読者から手紙が届く。ここ日本にもある激しいヘイトを一掃したいと切に願うが、輝かしいキャリアは築けていない。

ブラック・クランズマン

2019年2月27日　第1刷

著　　者　ロン・ストールワース
翻　　訳　鈴木沓子, 玉川千絵子
翻訳協力　金子志宗
監　　修　丸屋九兵衛
デザイン　STUDIO PT.(中澤耕平, 中西要介)+寺脇裕子
カバーイラスト　大川久志
編　　集　坂口亮太
発 行 人　井上 肇
発 行 所　株式会社パルコ　エンタテインメント事業部
〒150-0042 東京都渋谷区宇田川町15-1
TEL 03-3477-5755

印刷・製本　図書印刷株式会社

ISBN978-4-86506-293-9 C0098
Printed in Japan

落丁本・乱丁本は購入書店を明記のうえ、小社編集部あてにお送り下さい。
送料小社負担にてお取り替えいたします。
〒150-0045 東京都渋谷区神泉町 8-16 渋谷ファーストプレイス パルコ出版 編集部

本書の中には配慮すべき表現がございますが、刊行に際し、作品の記録的価値を尊重し、
原文の意図を汲んだ上で訳出いたしました。また、本書に登場する人名、団体名、地名、
年数等に関して不明瞭な部分がございますが、作者の意図を尊重いたしました。